시골살이
두런두런

시골살이 두런두런

신평 변호사의

시 그리고 산문

도서출판 새빛
SAEVIT

차례

3부 가을

4부 겨울

옛날 김시습 선생은 세상과 나와의 관계를 '사청사우乍晴乍雨'라고 절묘하게 표현했습니다. 잠시 갰다가 또 비가 오곤 하는 것처럼 세상의 인심이 너무나 쉽게 바뀐다는 뜻이겠지요. 평생을 현실에 적응하지 못한 채 불우하고 스산한 인생을 살다 간 선생의 일화가 이 표현에 덧대어지며 우리의 가슴을 칩니다. 저는 삶의 내면을 잠시의 기쁨과 긴 슬픔이 번갈아 가며 나타나는 것으로 말하고 싶습니다. 어쩌면 슬픔의 망망대해를 외롭게 헤엄쳐 가는 존재가 우리의 본질인지 모릅니다.

90년대 초반 저는 심한 우울증에 걸려 생과 사의 갈림길에 서있었습니다. 그런 중에 절망의 심연에 내려진 가느다란 희망의 줄을 잡고 서서히 올라왔습니다. 분에 넘치게 너무나 귀한 아이들이 생겼습니다. 하지만 판사직에서 내쫓김을 당하는 호된 벼락을 맞고 찬 바람 세차게 부는 1994년 1월의 어느 날 아장아장 걷는 아이들 손을 잡고 경주에 내려왔습니다. 다시는 경주 바깥에 발도 딛지 않고 이곳에서 생을 마치겠다는 결심이었습니다.

당시만 해도 주위가 벌판이던 곳에 아이들을 위한 집을 짓고 농사에 손을 대었습니다. 벌써 30년 세월이 지났군요. 그러다 대구의 어느 대학에 교수 발령을 받아 잠시 그쪽에서 산 적도 있으나 수시로 경주의 집에 내려왔습니다. 하지만 모진 팔자에 다시 날벼락을 맞고 2018년 경주의 집과 농토로 완전히 돌아왔습니다.

제 인생은 그렇게 굴곡이 많고 항상 심하게 울렁거렸습니다. 무엇 하나 제대로 완성하지 못한 채 토막난 인생이었습니다. 한없이 저 밑바닥까지 추락하여 보아서는 안 될, 고 박완서 선생이 말한 '세상의 똥구멍'까지 보아버렸습니다.

우리 사회를 위한 대의명분을 실현한다고 하며 나선 일들이 과연 얼마나 큰 의미를 가지는 것일까요? 그로 인해 한 개인이나 그 가족이 철철 흘린 피는 어떻게 보아야 하나요? 그런 의문 속에서, 차라리 프랑스 작가 아니 에르노Annie Ernaux의 "한 개인의 삶에 역사는 의미가 없었다. 우리는 그날그날 그저 행복하거나 불행했다."는 말에 솔깃해집니다. 하지만 지나간 과거와 자신에 대해 좀 너그럽게 바라보렵니다.

한편으로는 나이가 드니 재빠른 인지의 능력은 내려가나, 자신이 걸어온 길을 좀 더 뚜렷하게 바라볼 수 있는 통찰력이 생기는 듯합니다. 제가 저지른 과오가, 의도를 했건 아니면 의식하지 못한 채이건 간에 정리된 모습으로 나타납니다. 저는 이 과오들을 불편하지만 좀 더 솔직히 바라보며 반성과 참회의 시간을 가져왔습니다.

저는 국가의 통계상 농업인으로 등록된 사람입니다. 농업협동조합에 조합원이기도 하고요. 과거에는 논농사도 지었지만 지금은 집 둘레에 펼쳐진 500평 가량의 밭농사만 합니다. 제초제를 비롯한 농약을 쓰지 않고 비닐 멀칭을 하지 않습니다. 제가 어렸을 때 눈에 보던 고향 대구의 평화로운 전원풍경을 재현하려는 것이 어쩌면 제 무의식을 형성하고 있는지 모릅니다. 온갖 작물이 자라고, 또 여러 종류의 유실수들이 있습니다. 하늘과 흘러가는 구름, 밤의 별이 있고 바람과 나비와 잠자리, 새가 있으며, 간밤에 내린 눈이 살포시 쌓이고 어떤 때는 거센 비가 내리기도 하는 곳입니다. 이런 것들이 서로 어우러져 저와 제 아내에게는 이곳이 작은 파라다이스입니다. 종생終生의 아름다운 터입니다.

저는 거듭된 패퇴로 깊은 상처를 받고 슬퍼하였습니다. 거꾸로 제 잘못으로 남에게 준 상처를 슬퍼합니다. 시골에서 농사를 지으며 제 상처를 치유하고 남에게 끼친 상처를 뉘우치며 살아왔습니다. 더없이 평온한 공간에서 땀 흘리며 노동하고, 읽고 싶은 책을 읽으며, 수시로 명상에 잠기는 한가로운 일상은 삶을 정리하는 더

없이 좋은 기회가 되었습니다. 저는 점점 더 제가 이고 온 무겁고 슬픈 긴 세월의 압박에서 벗어날 수 있었습니다.

이 책은 제가 2023년 이래 지금까지 써온 시들에 산문을 덧댄 것입니다. 산문은 시의 해설이라기보다 그 시와 관련되어 가진 단상 형태의 독백입니다. 조금은 독특한 책입니다. 시만으로 치면 저의 네 번째 시집이기도 합니다.

봄, 여름, 가을, 겨울의 사계절별로 시일의 선후에 따라 그대로 배열하여 계절의 변화를 순차적으로 담으려고 했습니다. 제가 해온 오래된 시골살이의 이모저모를 가장 가까운 사람에게 혹은 지금도 여전히 잊지 못하는 그리운 사람에게 속삭이듯이 두런두런 말하려고 했습니다.

제 누추한 경험이 다른 이들에게 작은 빛으로 반짝였으면, 연못에 튀는 빗방울이 되었으면 합니다.

2024년 8월

신평

1부 · 봄

너와 나

어느 날 우연히
네 눈동자 안에 스민
달의 분화구보다 더 큰 외로움을 보았어
나에게 전해지며
동심원으로 자꾸 퍼져나갔는데
나 역시 외로웠으니
외로움과 외로움이 만나면
따스한 물이 솟아나잖아
그 물에 잠기면
침묵의 차가운 힘 이길 수 있지
하늘의 반짝이는 별을 볼 수도 있고
너와 내가 그렇게 해서
희망의 연못 하나씩 만들어 가면
위안은 잔잔한 구름 되어
멀리 수평선에까지 닿을 거야

좋은 날들이 꿈처럼 이어지고 있군요. 봄은 이렇게 사람의 마음을 설레게 합니다. 어떠한 근거도 없이 무작정 마음에 들어와 빛을 냅니다.

봄을 재촉하는 비가 며칠째 내립니다. 우중충한 날씨지만 이 빗물을 빨아들이며 신록이 무성하게 올라옵니다. 만물이 소생하는 봄은 누구에게나 축복이지만 저처럼 나이 든 사람에게는 더할 나위가 없는 축복입니다. 연못에 나가니 이른 봄의 기운이 청량하고 충만합니다. 시골에 묻혀 사는 저의 엷은 기운을 돋우어주니 너무나 감사하고 기쁜 일입니다!

며칠 전 가족들이 저녁을 함께 했습니다. 식당에서 나오는 길에 "나는 지금이 제일 좋아!"하는 아내의 혼잣말이 희미하게 들렸습니다. 저도 동감입니다. 때로는 무자비하게 몰아쳤던 생의 거친 파도가 이제 잠잠해지고, 주위가 모두 평온합니다.

우선 세 아이의 양육이나 교육비 지출의 힘든 의무에서 해방되었습니다. 저 하나 벌어들인 교수 봉급만으로는 두 아이가 예능계열이어서 그것을 감당하기가 벅찼습니다. 모처럼 고깃집에 가면 아내와 저는 짐짓 많이 먹은 체하며, 아이들에게 "마이 묵어라. 와 그래 안 묵노. 어서어서 무라."하기 일쑤였습니다.

또 저는 지금까지 오랜 세월에 걸쳐 우리 사회의 기득권질서 establishments에 저항해왔습니다. 자연히 그때마다 모진 공격을 받았고 그 피해의 상당 부분은 아내의 몫이었습니다. 아내는 교활하고 야비한 악성댓글들을 보며 심지어 공황장애까지 일으킨 일이 있습니다. 이제 모든 것에서 떠난 생활을 하니 더 이상 그럴 염려가 없습니다. 아내의 마음이 편할 수밖에 없습니다.

한편 저희집을 30년 전에 지은 이래 지금까지 그 기능을 향상시키기 위해 끊임없이 노력했습니다. 예로부터 호남의 선비는 맛있는 것 찾느라고 돈을 다 써버리고, 영남의 선비는 집 단장하느라고 그런다는 말이 있습니다. 돈의 지출도 꽤 했으나 그 덕분에 살기에 아주 편안하고 넉넉한 집으로 되었습니다. 이 집에서 저는 적당한 노동을 할 수 있고 새소리밖에 들리지 않는 고요함 속에서 수시로 독서나 명상에 몰입할 수 있습니다.

다시 일어서기

지나가는 새 지저귀는 소리
썩 마음에 들지 않아도
유달리 알이 굵었던 배
간밤에 분 세찬 바람에 떨어져도
연못의 큰 물고기
황새가 와서 날름 잡아먹어도
머리에 넣어두지 않으련다
나의 영역 밖에서 일어나는 일
그들에게 맡겨두라
나는 단지 나로 서있는 것이다
내 존재를 무너뜨리는 힘
한 번씩 움직일 때
샛노란 하늘 밑에서 비틀거리는 몸으로
오직 바싹 엎드려 귀를 세운다

저 멀리 들리는 신의 말씀
점점 뚜렷해지고
그것에 담긴 자비와 평화
엎어진 내 몸 구석구석 스며들어
다시 나를 세우리니

아침에 장독대를 흘낏 바라보니 어느새 상사화 이파리들이 제법 솟아났습니다. 예로부터 우리 조상들은 상사화가 장독대 앞에 피는 것으로, 아니 장독대 앞에 필 때 가장 본때가 나는 것으로 생각해 왔습니다. 저희집에서 상사화가 어째서 장독대 앞에 자리하게 되었는지는 잘 모르겠으나 하여튼 구색은 갖춘 셈입니다.

상사화도 그렇거니와 지금 알게 모르게 온 천지 이곳저곳에는 올라오는 봄기운을 받아 새로운 생명들이 생겨나고 있습니다. 거룩하고도 신비스러우며 한편으로는 한량없이 감사한 일입니다. 따스하게 비치는 햇살을 손안에 굴리며, 저는 이 모든 조화에 눈물겹기까지 한 심정입니다.

장독대의 받침대와 둘레를 두른 석재들은 모두 신라시대의 돌입니다. 이곳에서는 '신라고석' 혹은 길쭉한 것은 '신라장석'이라고 부릅니다.

어느 해 음식점에 갔다가 그 집에 놓아둔 신라고석의 주춧돌을 보고 마음에 무척 와닿았습니다. 경주의 음식점이나 상점에는 이런 돌을 몇 개 두어 '노포老鋪'나 토박이가 운영하는 점포인 것을 자랑하는 경향이 있습니다. 그런데 그 얼마 후 집에 돌아와서 장독대를 보니, 맙소사, 바로 이 신라고석으로 장독대를 모두 깔아놓은 것이 아닙니까.

30년 전 집을 지을 때 신라고석은 그리 비싸지 않았습니다. 적당한 가격만 주면 얼마든지 구입할 수 있었습니다. 그보다 더 전에는 경주 시내에 이런 돌들이 굴러다니고 있어서 그냥 집으로 가져오면 되었습니다. 이렇게 신라고석만으로 장독대를 꾸미고 집안 곳곳 축담에 올라서는 디딤돌을 전부 신라고석이나 심지어 탑돌로 해놓았음에도 시간이 지나며 저는 그 사실을 깜박 잊어버리고 있었습니다. '풍경風景의 기억상실증landscape amnesia'이라고 하는 현상으로, 익숙한 풍경의 변화에는 아주 둔감해진다는 것입니다. 이렇게 우연한 일로 장독대를 재발견하고 여기에 큰 애착을 가지게끔 되었습니다.

오늘 아침의 마지막 추위를 끝으로 곁에 성큼 다가선 봄이 숨막힐 듯한 향기를 전하고, 거기에다 상사화와 신라고석이 마음의 풍경風磬을 울립니다. 또 살살 기어들어오는 여린 햇볕은 얼마나 기막힌지요! 더 바랄 바 없이 고맙고도 고마운 일입니다.

나도 별 너도 별

짙은 어둠을 뚫고 퍼지는 외로운 짐승의 소리
새벽의 기운 흩뿌리는 산사 범종의 울림
아침의 센 바람이 지붕을 잡고 흔드는 소리
한낮 새가 지저귀는 포근한 소리
세상의 모든 소리는 침묵의 변형
침묵은 원래 하나였고 태초였으니
침묵의 틈새가 벌어지며 소리가 나온 것이다
소리는 원형의 성질을 잃지 않은 채
서로 무한히 얽혀있으며
하나의 질서를 세우려 움직인다
무질서의 산만한 대오에서 이탈하여
질서의 힘이 이끄는 대로
서서히 발걸음을 돌린다
그곳은 우리의 본향이고 돌아가야 할 곳
너그러운 그 품에 안길 때
평화와 안식에 젖어 드니
나의 생生, 별로 된다
너도 별이 되어 반짝인다

시골에 살면 별이 조금 뚜렷하게 보입니다. 그리고 별이 빛나는 밤하늘을 쳐다볼 때가 많지요.

하늘의 무수한 별을 바라보며 저와 세상의 관계를 생각해 봅니다. 고전 물리학에서는 만물을 분리된 존재로 파악했습니다. 그러나 현대에서 양자역학이 어렴풋이 형체를 드러내며, 뜻밖에도 양자얽힘quantum entanglement 현상이 밝혀집니다. 이것이 미시세계 뿐만 아니라 거시세계에도 작용함이 분명한 듯합니다. 그렇게 해서 만물은 서로 얽혀 관계를 가진다는 놀라운 깨달음이 전개됩니다.

저희집 너럭바위 밑에 부용이 봄을 맞아 빼곡히 솟아오릅니다. 저 바위와 부용도 우주적 차원에서는 저와 어떤 관계를 가진다고 생각하며 바라봅니다.

게으른 개구리

어느 따스한 봄
밭일하다 호미에 걸려
흙을 덮어쓴 채 나온 개구리 한 마리
우수, 경칩이 다 지났건만
여전히 졸음에 겨운 눈 간신히 뜨고
세상을 바라보니
적막이 주위에 펼쳐지고
연한 햇볕 부드럽게 쏟아지네
갈 곳 정하지 못한 채
오직 나만 바라보는 그의 옆
가만히 쪼그리고 앉아
이 작고 여린 몸
제발 무사하길 빈다
그와 나 사이에
인연의 자물쇠 찰칵 채워지고
봄의 한낮이 만들어 내는
고요의 강물 안에서
둘은 함께 헤엄친다

누가 뭐래도 오는 봄은 꼭 오지요. 물확이 봄비를 안고 미소를 짓습니다. 개구리는 3월 5일이 경칩이니 이 무렵 겨울잠을 깨고 밖으로 나옵니다. 그런데 심지어 4월 중순까지도 밭일 중에 호미로 흙을 캐다 보면 잠자는 개구리를 억지로 꺼내게 됩니다. 밖으로 나오기는 했으나 어쩔 줄 몰라 하며 눈만 껌벅거립니다. 제가 보기에는 무척 게으른 개구리이지요. 그래도 그놈과 나란히 함께 있으면 봄의 적막 속에서 세상이 퍽 따뜻하다는 기분을 가집니다.

살아있다는 것

바람결 가르며
풀잎 깔린 땅 밟는다
한껏 올라간 버드나무 가지 따라
하늘 바라본다
비로소 나는
심장이 두근거린다, 살아있다
앞을 자꾸 가리는 흩어진 일상
생의 기쁨이 일상의 파편 치우고 열어놓는
희망의 작은 오솔길
오늘도 나는 그 길 잃지 않으려
숱한 생명과 함께
땅 위에서 고개 들어
깊은 하늘 속 잠기노라

경주 남산 삼불사 뒤쪽으로 가면 세죽길이 있습니다. 꽤 운치가 있고 또 아주 편안한 길입니다. 그 길을 따라 저는 산의 정상으로 올라갑니다. 여기저기에 어제 뒤늦게 내린 싸락눈의 잔설이 깔려 있군요. 이렇게 사람 자취가 없는 길을 자꾸 가다 보면 하늘에 닿을지도 모르겠습니다.

생의 길목에서

오일장 열리는 시장바닥
왁자지껄한 소리에 말려 들어간다
고단한 생기침들
아득히 빈 곳을 울린다
어떤 소망도 다 비운 채
무표정으로 앞을 바라보며
오직 오늘을 받아들일 뿐
주위에 둘러선 헛헛한 나무들
나 역시 그런 나무 한 그루 되어
생의 마지막 길목
천천히 돌아간다

30년 전 집을 지을 때 스케치북 2권에다 빼곡히 어떤 집을 지을 것인가를 메모하고 그려넣고 하여 건축사에게 설계를 맡겼습니다. 이 세상 무엇보다 아니 제 생명보다 더 귀한 두 아이를 위한 집이라는 생각을 먼저 했습니다. 뜰에 연못을 만들었습니다. 위 연못과 아래 연못이 연결됩니다. 지하수를 뚫어 연못물과 농업용수를 대왔습니다. 봄기운이 자꾸 다가오니 위의 큰 연못 얼음이 다 풀렸군요. 이제 다시 얼어붙을 일은 없을 것 같습니다.

산수유가 피어오르기 시작했습니다. 이 산 저 산의 진달래보다 더 일찍 펴서 봄을 알리는 전령사이면서도 왜 이 꽃의 색깔은 이처럼 수더분하기만 할까요. 산수유꽃에는 우리 민족의 바닥 정취가 숨어있는 것 같습니다. 저는 그런 성질을 가진 다른 한 그루의 나무이기도 합니다.

비밀

너와 나 사이에 가진 비밀 하나
누구에게도 말할 수 없지
당장 죽는다 해도
슬픔이 펄펄 끓어올라
폴딱폴딱 뛰어도
그것만은 말할 수 없었지
사월의 벚나무가 날리는 꽃비
터져 오르는 슬픔처럼 흩날리던 날
지나가는 황새에게
내 눈물 밴 천 조각들 물어
저 먼 하늘 훨훨 올라
꽃비 속 흩어달라고 했다
일월의 오랜 빛에 바래며
아득한 이야기처럼 늙어간 비밀

산기슭 느티나무 밑
편안히 누운 너럭바위 안
가만히 숨어든다
아무도 없는 곳에
아무도 모르는 바람 분다

날이 점점 더 풀립니다. 농가에서는 슬슬 한 해 농사를 준비해야 합니다. 파종이나 모종 이식은 한 번씩 불규칙적으로 엄습하는 추위에 의한 냉해를 피하기 위해 5월 초순 정도로 늦추어도 됩니다. 논농사의 정점인 모내기는 5월 하순에서 6월 초순이니 아직 시간이 남았습니다. 그 사이에 논의 구멍이나 허술한 구석을 정비하는 '논만들기'나 모종을 준비합니다. 이렇게 해서 5월부터는 본격적인 농번기가 시작되는 것입니다.

논농사와 비슷한 템포를 밟으나, 밭농사는 5월 초순에 닿기까지 밭갈이나 퇴비 살포 등 여러 준비를 차곡차곡 갖추어나가야 합니다. 그리고 제 경우, 지금부터 4월 초순까지 사이에 그해 필요한 나무 묘목을 구하여 여기저기 필요한 곳에 심는 일을 해왔습니다. 오늘 경산 묘목 시장에 가서 화려한 꽃 모양을 만들어내는 개량종 작약 묘목을 무려 10그루 샀습니다. 집에도 작약이 여러 그루 있으나 모두 소박한 재래종입니다. 목련도 한 주 사서 심었습니다. 원래 동네에서 제일가는 목련이 있었으나 너무 잘 자라 기와를 치는 통에 베어버렸는데, 그 후 봄만 되면 항상 마음이 허전하였습니다.

묘목을 사러 경산으로 가는 중에 문득 밝은 햇볕이 너무 고마웠습니다. 그리고 별걱정 없이 이렇게 단순한 일에 집중할 수 있는 자신의 처지가 어디에 비교할 수 없이 낫다는 생각이 듭니다. 한 일 없이 주어진 이 행복에 겨워합니다. 생각 하나 조금 바꾸면 온 세상이 이처럼 광명천지로 빛나고, 모든 것에 감사할 일이 철철 넘칩니다.

일 년 중 가장 양명하고 기쁨으로 설레는 때인 요즈음이 실로 시골살이의 절정이라고 봅니다.

든든한 삶

젊었을 적 술 취해
여인숙 방에서 자고 나온 새벽길
하얀 입김 뿜으며 일하는
나이 많은 청소부와
마주쳤을 때의 낭패감
늙어서 생각 없이
어떤 젊은 여성 밀치고
급히 계단 오르고 나서
갑자기 찾아온 낭패감
삶이 남기는 구질구질한 침전물
귀찮아 말고, 부끄러워도 말고
나의 일부로 받아들이는 것
삶은 그 든든함으로
땅 위에 바로 서는 것이리

이른 봄에 피는 매화, 산수유, 벚꽃, 자두꽃은 무척 화려합니다. 그러나 너무 일찍 져버리니 아쉽기 한정이 없습니다.

이 산 저 산 온 산에 피는 진달래는 가히 압권이라고 할 수 있습니다. 진달래, 개나리를 물끄러미 보고 있으면 먼 과거, 우리 조상들이 살았던 그때로 연결되는 기분에 정신이 몽롱해집니다.

그런데 봄이 무르익고 나서 피는 꽃들도 무척 이쁘지요. 그중에는 모란이 으뜸이라고 할 수 있고, 모란이 지면 이어서 작약이 피어납니다. 집 마당에 모란과 작약이 이제 힘차게 싹을 내기 시작했군요. 저도 은연 중 그 기운을 받습니다. 땅 위에 든든하게 섭니다.

설중매

어느 차가운 새벽
컴컴한 미명微明 사이 떠오른
설중매 한 그루
푸르디푸른 꽃잎 사이
이별의 서러움 떨리고
칼날로 내려치는 운명에
내 붉은 피 꽃잎 적셨다

해마다 이른 봄이 되면 저는 작은 열병을 앓습니다. 누구와 함께 보았던, 눈송이에 덮인 매화의 선연한 모습이 떠오르기 때문입니다. 스스로를 가둔 시골살이에서도 그리움은 분분히 날아다닙니다.

봄비

비가 온다

봄비가 내린다

메마른 벌판 적시며

산등성이 나무 연두색깔 입히며

봄비가 내린다

부서지는 빗방울들

겨울 말라죽은 파의 꺼풀 벗어던져

부활하게 하고

착하게 살아라던

옛날 어머니 말씀 되어

내 마음 어루만지니

생과 사

하나로 이으며

봄비가 내린다

무꽃이 활짝 피었습니다. 지난가을 김장용으로 심은 무들인데 가용으로 쓰기에는 항상 남습니다. 그대로 놔두니 겨울을 나며 움츠러들었다가 다시 살아났습니다.

흰 바탕에 연보라 색조가 스며든 꽃입니다. 작은 꽃들, 하지만 우리의 들판에 우리의 땅에 나는 꽃들은 묘하게 우리 심성의 밑바닥에 닿은 듯합니다. 가만히 보고 있으면 마음이 스르르 움직입니다. 그러다 저 먼 옛날의 기억들이 살아나는 것 같은 느낌이 듭니다.

마침 무꽃에 나비 한 마리가 앉아 꿀을 빨고 있습니다. 나비와 무꽃이 시골의 오후를 나른하고 헐겁게 합니다. 멋진 봄입니다.

무와 파는 따로 생각하기가 힘들지요. 파는 생명력이 무척 강합니다. 겨울을 나며 파 둘레에는 죽은 껍질이 허옇게 들러붙습니다. 그러나 봄이 되어, 비라도 한 번 내리면 그 껍질들이 벗겨지고 그 안에서 푸른 생명이 다시 솟아납니다. 봄비는 그렇게 부활의 힘을 가지고 있습니다.

지혜의 길

연두, 완벽한 생명의 색깔
시간의 이전과 함께
칙칙한 녹색으로 바뀐다
벌레가 갉아먹고, 병의 흔적은
상처의 표식으로 남는다
나이 들어가면
누구의 얼굴에건 상처의 그늘 생기고
텅 빈 아쉬움이 들어찬다
수시로 남의 상처 가리키며
손가락질하는 사람
자기 얼굴에 파인 공동空洞
더 깊게 할 뿐
지혜의 길은 언제나 좁고 호젓하나
나무도, 사람도, 바람도
함께 걷는다

이제 조금씩 밭일에 나설 때가 되었습니다. 우선 퇴비를 뿌려야 합니다. 비닐 멀칭을 하지 않고 제초제나 농약을 쓰지 않으나 퇴비는 사용합니다. 그런데 퇴비 포대 100포 정도를 일일이 들고 나무나 밭에 가서 뿌리는 작업이 여간 힘들지 않습니다. 헉헉거리며 오늘은 일단 갖다두기만을 다 했습니다.

완연한 봄기운에 넋이 빠지도록 황홀합니다. 그런데 기쁜 이 시간이 자꾸만 흘러가는 것이 보여 초조함을 안깁니다. 지혜로운 자가 되기에는 아직 멀었나 봅니다.

수국

몽실몽실 나른한 기운 피어오르는
어느 이른 봄날 오후
옛날 어머니 좋아하시던 수국 한 그루
아랫시장 사거리 묘목시장
벙긋벙긋거리는 청년에게 사갖고 와
가장 양지바른 곳 골라 심으니
하늘도 구름도
하품 지으며 무심히 흐르고
바람과 새는
제 일 아니니 하고 튕기는데
어머니 남기신 마음 한 자락
메마른 수국 가지
가만히 안고 있더라

돌아가신 저희 어머니가 제일 좋아하시던 꽃은 수국과 칸나였습니다. 두 꽃을 보면 언제나 어머니 생각이 납니다. 아, 그리고 감을 무척 좋아하셨지요. 30년 전에 집을 지으며 감나무를 유난히 많이 심었습니다. 왜 그렇게 감나무를 많이 심었는지 그 이유는 따져보지도 않았습니다. 아니 아예 의식하지를 못했습니다.

한참 세월이 흐른 후 아내가 "어머니는 그렇게 감을 좋아하셨잖아요!" 하더군요. 바로 그것이었습니다. 저는 어머니의 기호를 유전적으로 물려받아 감나무에 집착했던 것입니다.

주님 앞에

어쩌다 한 번씩, 때로는
걷잡을 수 없이 치솟는 상념
나는 허물 많은 자
그냥 많은 것이 아니라
도저히 땅에 서있을 수 없이
썩어 문드러질 자
주님은 이 몹쓸 자
머리를 치지 않으시고
자비의 광채로 내려와
긍휼의 눈길 보내시나니
주님은 제 생명 생기고 나서
줄곧 지켜보고 계셨도다
못난 짓 할 때에도
지긋이 보고 계셨도다

늙은 몸 힘없이 되어

비로소 주님 돌아보는 어리석음

책망 않으시고

여전히 고요한 자비의 눈길

거두지 않으시니

아주 아주 작은

오직 부끄럽고 송구스런

떨리는 몸으로

주님 앞에 서고자 하나이다

노랑나비 한 마리 어깨에

사뿐히 앉나이다

시골에 산다고 해서 어찌 세상 근심을 하지 않겠습니까? 특히 언제나 요동치며 격변하는 한국의 정국을 보고 있노라면 그 불안정성에 때로는 잠을 이룰 수가 없습니다. 오늘도 심야에 일어나 묵주기도를 올리고 난 뒤 겨우 눈을 붙였습니다. 주님이 온전히 저를 거두어주시길 바라는 마음이 높아지면 어두운 불안감이 밑으로 가라앉음을 느낍니다.

오늘 아침 밭갈기 작업을 모두 마쳤습니다. 과거에는 경운기로 직접 갈기도 했으나 한 해 딱 한 번만 사용하니 효용성이 적어 남에게 주어버렸습니다. 경주 남쪽 국당에 사는 아저씨가 밭을 다 갈고 얼마냐고 물으니 겸연쩍은 듯 자꾸 말을 피하다가 "5만 원 주시지요." 했습니다. 아니 어떻든 한나절 노동을 했는데 그 돈은 너무 작은 것이 아닐까 하는 생각에 15만 원을 주었습니다. 그런데 나중에 아내가 슬쩍 하는 말이, 작년에도 5만 원에 15만 원을 주었다고 하더군요. 이제 한 해 밭농사의 준비가 끝난 셈입니다.

월성 산책

느릿느릿 저녁답
경주 남천에
노을을 지고 가면
월정교 물소리
원효 스님 염불 소리
코 끝 매운 환영에 젖어
이리저리 헤매는데
연꽃 가득 월성 해자에
달 그림자 길게 끌더니
풍덩 물 속으로 빠진다

신라가 멸망한 지 천년을 훌쩍 지났으나, 경주에서 그래도 옛날 신라시대의 분위기를 가장 많이 간직하고 있는 곳이 월성 주변입니다.

최근 월정교를 정비해 놓았는데 야경이 특히 멋있습니다. 월정교는 남천을 건너는 다리로 월성의 입구입니다. 옛날 원효 스님이 연인 요석공주를 만나기 위하여 바로 이 다리를 건너 요석궁으로 갔습니다.

아내는 어린 시절 남천에서 멱을 감고 놀았다고 하는데, 그 추억이 그리고 지금도 그 앞을 오갈 수 있는 것이 많이 부럽습니다. 대구의 제 고향은 급격한 도시화로 완전히 파괴되어 버렸습니다. 저는 다시 찾아갈 가능성마저 빼앗겨버린 고약한 실향민입니다.

벚꽃 무렵

벚꽃 피는 때가 되어
눈물 흘리지 마라
공연히 심각해지지도 마라
네 안에 쓸데없이 갇히지 말고
날리는 벚꽃 그대로 바라보아라
흥이 나면
하늘을 향해 마냥 뛰어오르자
먼 들판 피어오르는 아지랑이 불러
함께 노래 부르자
벚꽃 눈발 아래서 할복한
조선의 후예 센노리큐千利休의 마음 헤아려보자
아, 벚꽃이 지면 어떡하나
애타게 기다려 온
한 해의 시간 거멓게 사라지니
샛노란 현기증에 비틀거리며
애상哀傷의 칼날에 피를 흘린다
꺼어이 꺼어이 터뜨리는 울음
하얗게 천지를 덮는다

경주는 봄이 되면 벚꽃으로 유명합니다. 전국에서 벚꽃 구경을 위해 몰려듭니다. 그중에서도 보문지역의 벚꽃이 널리 알려졌는데, 정작 경주 사람들은 봄이 되면 그쪽으로 고개를 돌리려고도 하지 않습니다. 교통정체가 심하니까요. 요즘은 보문보다는 김유신장군묘 가는 길의 벚꽃이 점점 더 알려지고 있습니다. 아마 보문보다 이곳의 정취가 더 낫지 싶습니다.

그 일대 어느 음식점 바깥 테이블 위에 큰 벚꽃나무가 서있습니다. 저는 벚꽃 피는 계절이 되면 사람들을 이곳으로 초청하여 함께 식사를 하며 맥주도 한 잔 나누는 것이 한 해의 큰 낙입니다. 눈처럼 떨어지는 벚꽃잎이 맥주잔 안에 들어가면 그냥 마셔버립니다.

아, 그런데 떨어지는 벚꽃잎에 휩싸이면 조선인의 손자로서 일본 다도의 비조鼻祖가 된 센노리큐千利休의 '셉뿌꾸切腹' 장면이 떠오릅니다. 도요토미 히데요시豐臣秀吉의 다도 스승이었으나 바로 그에게서 명을 받고 목숨을 가릅니다. 벚꽃이 활짝 핀 날 꽃잎이 비처럼 내리던 벚나무 밑에서 장렬하게 스스로의 명을 거둡니다. 일본에서는 권력과 예술의 대립으로 규정하는 일대 사건입니다.

벚꽃

눈 뜨고 바라보면
세상에 슬프지 않은 것이 어디 있으랴
누구든 파도 센 슬픔의 바다
노 저어간다
떨어지는 벚꽃 보기 싫어
올핸 그 꼴 보지 않았으면 하고
며칠 숨죽이며 애태웠건만
만개와 동시에 터져나오는 슬픈 울음들
길바닥 어지럽힌다
바람은 또 매몰차게 다그쳐
이리저리 휩쓸려가는 맹목의 유랑
더욱 슬프다
꽃 지고 올라오는 새순 보며
내년 이맘때 벚꽃 다시 피기를 기다리니
분간 없는 그 어리석음도
역시 슬픈 일이다

경주의 벚꽃이 지금 절정에 이르렀습니다. 벚꽃이 피고 지는 짧은 기간의 이맘때면 여러 생각이 몸을 후벼파고 듭니다. 생각이 정리되지 못한 채 안절부절못합니다. 매화를 보는 것보다 더하게, 가히 정신적 몸살을 앓습니다. 늙은 나이에 다시 하나의 찬란한 봄이 주어져 황홀한 느낌을 가지나, 이 감정이 너무 강렬하여 휘청거립니다. 그리고 어김없이 제 인생의 절정기를 보낸 일본에서의 추억이 되살아나 불귀不歸의 현장들이 머리를 휘젓습니다. 제가 있던 히토쯔바시一橋대학은 쿠니타치國立역에서 내려가는데, 연도에는 수백 년 묵은 몇 아름드리 벚나무들이 가로수로 들어서 있습니다. 무척이나 아름다운 길이었지요.

벚꽃은 수많은 봄꽃 중에서도 유난히 풍성한 모습을 보이다가 급속히 사라집니다. 바로 이 때문에 우리 인생의 유한성을 상징하는 것인지 모릅니다. 올해도 저는 다시 벚꽃을 대하며 덧없는 인생을 생각하고, 특히나 덧없이 흘러간 빛나던 청춘의 한때를 그리워합니다. 불과 며칠 후 벚꽃이 속절없이 질 때는 또 한없이 슬퍼합니다. 그러면서도 어리석기 짝이 없게 다시 벚꽃 필 때를 기다리며 긴 한 해를 삽니다.

꽃피고 꽃지고

꽃피는 기쁨은 잠깐이고
꽃진 후 허무의 그림자
한 해 내내 남으니
꽃이 피면 꽃지는 슬픔
차마 감당키 어려워
고개 돌리는데
꽃피고 꽃지는 새
세월은 저 혼자 흘러가니
부질없는 집착이
오히려 민망하여라

봄햇살은 왜 이리도 따스하며 부드러운지 모르겠습니다. 그것을 맞는 천지가 모두 고요하게 가라앉으며 평화를 즐깁니다.

날이 조금 풀린 이래 밭에서 여러 작업을 해왔습니다. 이미 밭을 갈아 고랑을 다 탔고 오늘 아침에는 옆에 갖다 둔 퇴비를 나무마다 다 뿌렸습니다. 내일 비가 온다는데 퇴비의 양분을 빗방울이 땅으로 침투시킵니다. 이제 모종을 심으면 봄농사 준비는 대체로 마무리가 됩니다. 작물이 잘 커나가도록 매일 관심을 기울여주면 무럭무럭 자랍니다.

비닐을 씌우는 멀칭을 하지 않은지 벌써 몇 해가 되었습니다. 지금도 쉼 없이 땅에 박힌 비닐 조각을 주워냅니다. 수만 번이나 허리를 굽혀 집어내었습니다. 이 소중한 땅에 썩지 않는 비닐이 파고들어 오염시키고 있다는 사실에 참을 수 없었습니다. 일종의 결벽주의라고 할 수도 있겠습니다. 하지만 한국에서 포도 농사를 짓는 어느 프랑스인 농부가 나중 인류가 사라진 세계에서 비닐로 잔뜩 더럽혀진 토지를 보면 이것이 옛날 코리아 사람들이 살던 땅이라고 특정할 수 있지 않겠느냐고 농담하던 말이 잊히지 않습니다.

넘치는 축복

봄 햇볕 비치는 아침 들판
노란 민들레 한 송이에
무척 행복하더이다
마음에 드는 책 잡고
오후 환한 햇살 바라볼 때
행복이 충만하게 일더이다
저녁 어스름 황혼 옆에 두고
둘이 조용히 걷는 오솔길
다람쥐 한 마리 지나가더이다
사는 무게가 가벼워지고
주위가 편해지는 나이가 되니
가슴 뛰는 일 새롭게 생기더이다
고요한 행복의 논에 물 대며
파란 벼 지켜보는 일상
제 작은 잔 넘치는 축복이외다

봄을 장식하는 봄꽃들이 흐드러지게 피었다가 이제 점점 연두색 새순에 자리를 양보하고 있습니다. 하지만 민들레는 점점 더 기승을 부리며 화사한 꽃들을 피워냅니다. 민들레라는 이름도 참 특이하고 아름답습니다. 일본말로는 '탐뽀뽀'라고 하는데 이도 무척 정겹게 들립니다. 민들레라고 하면 무명無名의 서러움, 서민의 애환, 소박, 끈질긴 생명력 같은 단어들이 연상되는 것은 저뿐만이 아닐 것입니다.

부추밭을 둘러보다 문득 우리 민들레가 소복하게 한 곳에 모여 있는 것을 발견했습니다. 요즘 민들레꽃은 노란 민들레와 흰 민들레 두 종류가 있습니다. 그리고 외래종 민들레와 우리 토종 민들레로 나눌 수 있습니다. 외래종은 전부 노란색인데, 토종에 비하여 좀 더 선명하고 화려합니다. 토종은 외래종과 달리 꽃을 밑에서 받치는 화총이 홑겹밖에 없고, 그것이 위로 올라갑니다. 외래종은 두 겹이고 밑의 화총은 아래로 늘어집니다. 화총만을 보면 우리 민들레가 단연 단아한 모습이고, 색깔은 더 소박합니다. 옛날 시골 색시를 연상케 합니다.

요컨대 토종 민들레는 단겹의 화총만 있고, 노란 민들레와 흰 민들레가 있되 흰 민들레는 전부 토종입니다. 그런데 토종의 노란 민들레는 외래종의 노란 민들레와 교접을 합니다. 그러면 이상하게 전부 외래종으로 바뀌어버립니다. 흰 민들레는 흰 민들레끼리 만 교접하니 종의 순수성이 그대로 보존됩니다.

구한말 무렵부터 외래문물이 급속히 들어옴과 함께 외래종 동식물도 한반도에 이입되었습니다. 그때부터 한 150년의 기간 동안 서양 민들레가 지속적으로 유입되고, 이 땅에 귀화식물이 되어 퍼져나갔습니다. 앞에서 보았듯이 노란 민들레는 거의 전부 외래종으로 바뀌어버렸고, 우리 민들레는 흰 민들레가 겨우 명맥을 유지한 셈입니다.

그런데 노란 민들레에도 드물게 우리 토종 민들레가 아직 한 번씩 발견됩니다. 감사한 일이지요. 150년의 긴 세월에 걸쳐 압도적인 외래종 민들레의 끈질긴 동화 노력에도 살아남은 것들이니까 말입니다. 그 귀한 토종의 노란 민들레가 부추밭 한구석에 소복하게 함께 모여있는 모습을 드러내었으니 벅찬 느낌을 갖지 않을 수 없습니다.

우리와 우리의 조상들이 살아온 한반도에서 가장 우리에게 친숙한 존재 중의 하나가 바로 민들레입니다. 대단한 외관을 가진 것은 아니어도 아니 소박한 모습이기 때문에 오히려 민중의 가슴 속에 오매불망으로 남게 된 것입니다. 더욱이 토종 노란 민들레를 생각하면 그 살아남았음 자체가 우리의 마음을 진하게 울리는 것입니다.

민들레를 사랑하는, 민들레의 소박한 아름다움, 생명력, 끈기의 투지를 갖춘 사람이 많아지기를 기대합니다. 무엇보다 정치 지도자라고 지칭되는 사람은 이 땅을 지켜온 우리 민들레처럼, 민족의 처절한 한과 뿌리 깊은 정서를 자신의 언행에 담아낼 수 있어야 합니다. 그렇게 해야 비로소 심하게 분열된 이 나라를 통합시켜 나갈 힘을 얻게 될 것입니다.

따뜻하고 화창한 기운 속에서 밭에 나가 일을 보고, 보고 싶은 책을 읽고, 그러다가 한 번씩 깊은 생각에 잠기는 일상입니다. 행복하다고 느낄 때가 자주 있습니다.

기도

허공을 들여다보며
허공 안의 허공을 잡으려던 시간들
허기진 외침으로 갈라진 노래
흔들리는 광야에서 불렀지
하늘은 언제나 노랗고 빙빙 돌아가는데
힘없는 다리는 부들거리며
땅 밑으로 꺼져 들어갔지
낡은 날 보낸 뒤 용케 받아쥔 새로운 날
나 안의 모든 것 하나하나 정리하고
그 자리 눈물의 정성으로 채우니
나를 주관하는 것이 내가 아닐 때
나를 비우고 다른 나를 받아들일 때
안식과 평화의 샘물이 스며드는 것이니
과거를 용서하고 나를 용서하고
사랑과 온유의 작은 공간에 밝힌
호롱불 깜빡이는 옆에서
세상 가장 낮은 자의 기도 드린다

마당은 꽃으로 꽉 들어찬 느낌입니다. 철쭉이, 영산홍이 사방에서 꽃망울을 움츠리고 있거나 이미 터뜨렸습니다. 모란 고목들도 철을 조금 당겨 피어나려는 모양입니다. 꽃이 이미 피어버린 자두나 살구 혹은 매실 같은 열매들은 실하게 익어가고 있습니다.

봄이 확실히 "내 왔소!"하는 시점이 바로 부활절입니다. 긴 겨울을 이겨내고 만물이 기쁨으로 도약하는 때입니다. 역사적으로 바로 이때 예수님이 부활하셨다고 하기보다는, 부활과 봄을 일치시키고 싶은 사람들의 원망願望에 따라서 정해진 것이 아닐까요.

아내와 함께 마당을 둘러봅니다. 이꽃 저꽃 확인하며 탄성을 지릅니다. 눈으로는 화려한 꽃잔치가 벌어졌으나, 들리는 것이라곤 새소리밖에 없습니다. 이 황홀경을 둘만이 차지하는 것이 미안하고, 복에 겹다는 생각이 듭니다.

제가 과분하게 차지한 부활절의 평화가 바람을 타고 세상 널리 퍼져나갔으면 하는 마음으로 기도드립니다.

모란꽃

이 산 저 산 넘어
이 물 저 물 다 건넜더니
활짝 핀 모란꽃밭에 이르렀소
내사 반갑고 기쁘지만
안타까운 아지랑이가 피어오르오
함께 볼 사람 옆에 없어
사무치게 몸 떨리고
천상의 향기 이내 사라질 것이니
낙담으로 주저앉고
무엇보다 모란꽃 떨어질 때
내 인생 한 번의 봄
슬며시 지워진다는 게
왠지 서럽고 눈물이 나오

모란은 원래 봄의 절정에 피는 꽃인데, 올해는 철쭉, 영산홍과 함께 피는군요. 아무려면 모란은 봄의 정수精髓지요. 봄은 모란이 있고서야 그 광채가 더욱 빛나는 것이 아닐까 합니다. 하지만 그렇길래 모란은 그 안에 피치 못하게 큰 슬픔을 잉태하고 있습니다. 봄을 자신의 품에 안았다가 그 봄을 모두 놓쳐버리는 것이 모란이니까요.

어떤 비밀

나무는 가만히 서 있을 수 없다
기억의 저편에서 외치는 소리
깜짝 놀라 돌아보고
스치는 바람의 의미 심상찮다
나무에 앉았다가 바람을 안고
저 멀리 하늘 날아가는 새의 궤적 쫓는다
나무는 홀로 서 있지 않다
바람과 새와 하늘이 모두
나무의 가슴이 된다
구름이 흐르고 별이 빛을 뿌릴 때
만물은 서로 얽힌다
얽힘은 넓은 우주로 뻗어나가고
얽힘에서 만들어지는 인연의 불가해한 문양
만남은 우연이 필연으로 바뀌는 기적
오늘 내가 만나는 사람 얼굴의 한 줄 표정과
서로 잡는 손안에
영겁의 비밀 숨어있다

부슬부슬 봄비가 계속 내리고 있습니다. 그저께 심은 고추, 옥수수, 토마토 등 여러 모종들이 힘을 받았습니다. 고개를 곧추세우고 비를 반깁니다. 이렇게 한 며칠만 가면 착근이 되어 염려하지 않아도 잘 자라게 됩니다.

그런데 수백 평의 땅에 모종을 심는 것이 간단한 일은 아닙니다. 아내가 탈이 났습니다. 갑자기 허리를 못 쓰겠다고 하소연하였습니다. 다행스럽게 하룻밤 자고 나서 많이 나아졌다고 하였습니다. 이 농사일도 과연 언제까지 할 수 있을지 걱정이 됩니다. 둘 중에 누구라도 하나 탈나면 더 이상 못하는 것이겠지요.

아내는 힘겹게 일어나 제가 말리는데도 허리를 쓰는 집안일이나 밭의 잡초를 고르는 일을 여전히 마다하지 않습니다. 생각해보니 저하고 살면서 평생 그렇게 해왔습니다. 제가 일부러 못 본 척 했을 뿐입니다. 그러면서 혼자 잘난 듯이 조그만 일에도 꼬투리 잡으며 위세를 부렸습니다.

그뿐입니까? 온갖 풍파란 풍파는 다 일으키며 그 거친 물결이 아내를 휩쓸도록 무신경하게 버려두었습니다. 탐욕적인 기득권세력, 위선에 가득찬 기성질서establishments에 저항한다고 저는 나섰습니다. 법관재임명에서 현행 헌법 시행 후 처음으로 탈락하는 수모를 겪었고, 로스쿨의 변혁을 주장하며 로스쿨 교수들로부터 차마 필설로 다하기 어려운 집단괴롭힘을 당해야 했습니다. 그러다가 '조국사태' 이후 열혈 대깨문들로부터 받은 집요한 공격은 또 어떠했는지 끔찍합니다.

그저께 아내가 조용히 말을 하였습니다. "인제 제발 모나지 않게 살아갑시다." 이 나이가 되어서 그 말의 의미를 처연하게 깨닫습니다.

그래도 봄날은 아름답습니다. 아내와 함께 마당에 서서 봄꽃 구경에 여념이 없습니다. 그나마 아내에게 한 가지 잘한 것은, 30대 말에 이 집을 지어서 아내의 마음에 쏙 드는 집으로 가꾸어왔다는 점입니다.

모란이 지고 작약이 피었다가 떨어지면 봄날은 갑니다. 한창의 봄을 아내와 함께 아쉬워하며 즐깁니다. 아내의 고단한 수고로움이 빗방울 소리에 묻혀 귀에 들어와 박힙니다.

저희집 마당과 밭에서는 언제나 새들이 지저귑니다. 하루 종일, 사시사철입니다. 시골집에서는 이것이 당연한데 손님으로 저희집에 와서 하룻밤 묵은 분들은 새소리에 잠을 깨며 무척 신기해하더군요. 새소리를 들으며 그 소리 너머에 있는 삼라만상이 서로 얽혀있지 않을까 하는 생각이 슬쩍 듭니다.

꽃 지거든

오호라 마당 가득하던 꽃
한숨 자고 나는 새 다 져버렸구나
덧없고 애달프다고 서러워 마라
꽃은 한 순간도 네 것 아니었으니
사랑도 집착도 원망도
내 것으로 하려는 욕심
꽃 지거든 지도록 놔두고
마음에서 꽃을 떠나보내어라
네 것 아니었다고 모질게 선 그어라
찬란했던 봄의 기억 즐겁게 간직하며
다시 올 봄 기다리는
무상無常의 바다
고요하게 물결친다

저희집에는 대밭이 세 군데나 있습니다. 마당 안에 있는 대나무는 경계를 넘어 땅을 뚫고 올라오는 것만 쳐줍니다. 그러나 밭의 대나무는 대밭 바깥으로 뿌리를 뻗어오면 농사에 큰 지장을 줍니다. 그래서 매년 늦가을이나 봄에 밭으로 침입해 들어오는 대나무 뿌리 제거작업을 해줍니다. 보통은 굴착기로 파서 비닐을 묻거나 콘크리트 장벽을 치는데, 저는 손으로 일일이 찾아 뽑아냅니다.

올해는 대나무 뿌리 제거작업이 벌써 닷새째인데 그만그만입니다. 삽으로 파고 흙을 긁어낸 뒤 곡괭이로 뿌리를 살금살금 끄집어내어 도끼로 내려칩니다. '극한작업'이라서 조금만 해도 숨이 차오르는군요. 그러다 몇 번 더 헉헉거리고 난 뒤 다리가 후들거리면 일을 마칩니다. 봄은 서서히 무르익고, 봄꽃은 사라지기 시작합니다.

풀길

풀밭 사이 난
예쁘고 작은 길에
어렸을 때의 날들 숨었다
아침 젖은 풀길 밟으면
햇살 받은 그리움 반짝인다
기약할 수 없는 남은 시간
아쉽지 않을 수 없으나
풀길 옆 노랑 민들레 가족
하나, 둘, 셋……
함께 어울려 웃는 소리
낡은 몸 포근히 안아주고
조금씩 열리는 영원의 문

아들이 유난히 효자 노릇을 하려고 합니다. 지난겨울 변변한 외투 하나 없이 지내는 저에게 백화점 어디를 가서 외투를 고르라고 말했습니다. 아내와 함께 버스를 내려 백화점에 들어가려는 찰나, 자식이 어렵게 번 돈으로 고가의 외투를 사는 것은 안 된다고 고집부려 돌아와버린 적이 있습니다.

얼마 전 정지아 작가의《빨치산의 딸》소설을 읽었습니다. 그런데 아버지가 빨치산 투쟁으로 형무소에 있던 작가의 어린 시절이, 저와 그 둘 사이에 몇 년의 시차가 있긴 해도, 적어도 의식衣食에 관한 한 저보다 훨씬 나았습니다. 그만큼 저는 없는 집의 많은 형제 중 막내로서, 누구도 신경 써주는 일 없이 거의 혼자서 자랐습니다. 조악한 음식을 먹으며 헐벗은 몸으로 지냈습니다. 제 기억으로는 초등학교 때 크레용 같은 것을 갖고 갈 수 없어 미술 시간이 무척 무서웠습니다.

어릴 적부터 가져온 습관 때문에 사치라는 것과는 거리가 먼 저를 보고, 아내는 마조히스트적 취미를 가졌다고 자주 품평을 합니다. 옷은 아무거나 걸치고, 평생 반찬 투정은 한 일이 없고, 비누로 머리를 감고, 로션 같은 것을 바르는 일도 없고, 전등은 가능하면 켜지 않는 등으로 살아왔으니 같이 사는 것이 어쩌면 많이 답답했을 것입니다.

저는 저에게 적은 것이 주어져도 만족합니다. 궁핍하게 지낸 어린 시절이 지금의 저에게 행복의 한 조건을 이루는 셈입니다.

뜰로 나가니 집의 개들은 주인과 함께 시간을 보내는 것이 제일 행복한 듯합니다. 저나 아내가 마당에서 일하면 개들은 축담에서 배를 깔고 앉아 쳐다봅니다. 눈빛에서 만족하다는 느낌이 바로 전해지지요. 그러다가 그들에게 다가가 쓰다듬거나 안아주고 합니다. 저에게 주어지는 이런 소소한 즐거움들이 노년의 길을 반짝이게 합니다.

만남이란

모란이 지고나니
봄을 잃어버린 아쉬움
창밖 댓닢 사그락거리는 소리에
계절은 바뀌어가고
나는 시간의 의자에 걸터앉아
지나간 관계의 무게를 따진다
무릇 사람의 만남
불가해한 우주의 충돌이어라
긴긴 세월 가슴에 꼭꼭 담아
삭여온 잔해들
덧없이 비집고 나와 만드는 무질서
스쳐 지나가는 바람
아무 눈치채지 못하게
퇴적되어 뭉쳐진 나이로
지긋이 눌러 넣는다

모란이 아쉽게 다 졌습니다. 집에는 모란 고목 여섯 그루가 있어 꽃이 필 때는 화려함이 이루 말할 수 없습니다. 천상의 향기라고 할 수 있는 모란 향내가 집 바깥으로도 퍼져나갑니다. 모란이 사라지면 그만큼 아쉬움이 큽니다. 모란이 짐과 함께 봄은 절정을 지났습니다.

봄의 끝물을 장식하려는 듯이 작약이 이어 핍니다. 보통 사월초파일에 작약이 핍니다. 사월초파일에 가는 흥륜사 뒤뜰의 작약이 아주 곱습니다. 올해는 양력으로 쳐서 사월초파일이 한참 물러서 있는 사이에 작약이 벌써 피기 시작한 것입니다. 그래서 사월초파일과 흥륜사의 작약이 함께 할 수 없게 되었습니다.

책을 읽다 무료해져 이 글을 끄적입니다. 아무 할 일 없는 노년의 봄 한낮입니다. 이 일 없음이, 그리고 세상의 이해관계에서 멀찍이 벗어나 있음이 너무 좋습니다.

봄 풍경

산은 언제나 절로
눈물처럼 푸르고
강은 유유히 휘감아
아득히 멀어져 가는데
봄 햇살 어찌 이리 고울까
울퉁불퉁 살아온 한 평생
부질없다 누가 말하랴
이런저런 풀꽃들 함께 모여
까치발로 만세 부르는 때
분분한 시속 저만치 물려두고
땅 딛고 천천히 일어서서
하늘 기둥 바라보니
만유의 고요한 질서
가슴 사무치게 차오른다

한국의 산야에는 봄, 여름, 가을 가리지 않고 수많은 풀꽃들이 피고 집니다. 그런 풀꽃 중 제가 가장 좋아하는 것 중 하나가 고들빼기꽃입니다. 노란색의 정갈한 꽃잎들을 달고 소박한 모습으로 서있습니다. 그 고들빼기꽃이 지금 사방팔방에 지천으로 피었습니다. 길게 한여름까지도 이어집니다.

밭을 둘러보니 올해는 기후가 순조로워 작물들과 나무들이 다 잘 자랍니다. 생각하기에 따라서는 이 역시 큰 기적과 같은 일이 아닐까 합니다.

오월 어느 날

오월 상큼한 하늘 위로
나무들 높이 솟았다
하늘에 퍼진 평화의 기운
땅 위 골고루 내려와 감싼다
새들은 왜 저렇게 지저귀는지
흰 나비는 왜 날아가는지
그들이 만드는 자비와 용서의 공간
감사한 마음으로 몸을 길게 편다
나에게 남은 시간
나뭇잎 사이 반짝이는데
노란 들꽃 하나
방긋 웃으며 친구 하잔다
저 들판 저 하늘 속으로
차츰 사라지는 나

오늘 드디어 대숲을 넘어 밭으로 넘어오는 대나무 뿌리 제거 작업을 마쳤습니다. 한 열흘 걸릴 것이라고 짐작했는데 무려 한 달 정도가 걸렸습니다. 매년 봄이면 하는 작업인데 올해는 유난히 많이 더뎠습니다.

작업 중 작은 부상을 입었습니다. 그러나 천만다행이었습니다. 엄청난 결과를 초래할 수 있는 부위를 간발의 차이로 살짝 비켜 갔습니다. 며칠간 아내의 정성 어린 치료 덕에 이제 거의 상처가 아물었습니다.

농사일은 별것 아닌 듯해도 험한 구석이 많습니다. 사람의 피부는 얇고 동물처럼 보호하는 털도 없으며 중요한 기능을 하는 부위에 상해를 입으면 건잡을 수 없기도 합니다. 저 같은 농협 조합원은 1년에 5,000원만 내면 농사로 인한 상해의 보험에 들 수 있으나, 부상이 꼭 돈의 문제만은 아니겠지요.

작약이 활짝 핍니다. 지난 번 작약 구근을 경산 묘목시장에 가서 많이 샀습니다. 흥륜사 뒷마당에 무리 지어 핀 작약꽃의 아름다움에 반해서입니다. 밭 사이로 낸 작은 길을 따라 쭉 심었습니다. 길 이름을 작약로로 부르기로 했습니다. 기존에 있던 것을 포함하면 작약의 개체수가 스무 개 가깝습니다. 올해는 작약꽃이 집을 온통 화사하게 단장해 줄 것 같습니다. 모란은 화려하고 향기가 뛰어나나 꽃이 쉬 떨어지고 또 보는 사람의 마음을 아프게 합니다. 그래서 단아한 모습의 작약을 더 사랑하는 사람도 많습니다.

아, 봄은 봄입니다. 봄이 절정에 이르렀습니다. 작물들은 순조로운 기후 덕으로 무럭무럭 자랍니다. 아침부터 저녁까지 새가 지저귀고, 나비는 평화로운 시간과 공간을 만들어 내며 날아갑니다. 봄의 향기에 취해 가늘게 뜬 눈으로 이 빛나는 세상을 물끄러미 바라봅니다.

그리움

그립다고 미친 듯 보고 싶다고
꼭 만나야 하는 것은 아니어라
환상의 그릇 덜컥 땅에 떨어져 깨지면
의미 잃은 파편으로 바뀌는 것이어라
바다가 하늘의 구름을 바라보며
그리움 가슴에 넣어 한없이 삭이듯
무심한 그리움이 더 아름다워라
그리움이 참다 참다 화석이 되어
만고의 세월 덧없이 흐른 뒤
그 안에 새겨진 안타까움, 지극한 사랑의 무늬
후인이 떨구는 눈물로 되살아나리

봄은 이미 절정을 지나 여름 쪽으로 살짝 기울었습니다. 찬란했던 봄의 영광이 차츰 스러지지만, 아직 작약이 한창이고 드디어 장미가 등장하였습니다. 연은 열심히 수면 위로 잎을 내고 있습니다.

저는 국가에 농업인으로 등록되어 있으므로 제 본업은 농사일인 셈입니다. 그리고 농사일을 할 때 가장 마음이 편합니다. 아침에 일어나 열심히 밭을 다니며 자라는 작물들에 제 손을 댑니다. 농사일은 하려고 하면 끝이 없고, 안 하려고 하면 그냥 거의 손을 떼어도 되는 묘한 면이 있습니다. 부지런한 농부의 손끝이 온갖 조화를 부리는 셈이지요.

성장하는 작물들의 상태나 나날이 굵어 가는 열매의 크기를 확인하는 일은 무한의 기쁨을 줍니다. 마치 어린 자식이 커나가는 것을 볼 때의 심정이기도 합니다.

자연 속에서 자연과 더불어 생의 마지막을 보낼 수 있어서 얼마나 다행한 일인지요. 농사일의 다른 시간에는 책을 읽거나 명상에 잠기니 실로 제 좋은 대로 사는 나날입니다. 거기에다가 서투른 솜씨로 노년의 낙이 되어버린 시작詩作을 하며 해가 서산에 잠기는 것을 바라봅니다. 한 번씩 밀려오는 그리움을 시에 담아보았습니다.

나를 덜 미워하기

누구는
하늘 우러러 한 점 부끄럼 없다고
자신했건만
나는
왜 이리도 지지리 못났을까
거울에 비친 나
미워하고 책망하고 훈계하길
그치지 않는데
어느 봄날
모란꽃 지고 향내 아득히 사라져
일상이 부서지고 흩어져 버린 날
무심한 너그러움으로
말라버린 내 모습 부풀린다
살아있는 의미 조금씩 넣으며
나에게 작은 미소 날린다

오월의 메마른, 먼지가 펄펄 날리는 땅에 잠깐 비가 내립니다. 먼지를 삭이고 속으로 스며들어 식물들의 뿌리와 만납니다. 물을 주나 마나 하며 망설였는데 때마침 하늘에서 단비가 내립니다. 아무리 물을 잘 주어도 비만큼 골고루 그리고 흡족하게 주기가 어렵습니다.

오디가 한창 익어갑니다. 떨어진 오디로 뽕나무 밑 길이 까맣게 물듭니다. 새들이 날아와 오디를 쪼아 먹기 바쁩니다. 장미와 쥐똥나무꽃의 향긋한 향기가 하늘을 덮습니다. 적어도 여기서는 평화의 기운이 세상을 지배합니다. 저는 평화의 성城을 지키는 너그러운 군주가 되어 흡족한 표정을 지으며 만물을 천천히 살핍니다.

벌써 밭일을 하고 있으면 땀이 차올라 내의가 젖습니다. 그래도 아직까지는 모기가 달라붙지 않아 좋습니다. 이리저리 밭을 돌아다니며 나날이 커가는 작물을 바라보면 마음이 서서히 채워집니다. 주변의 잡초들을 끊임없이 뽑아 치우는 것은 그에 대한 작은 보답입니다. 밭의 이곳저곳에 핀 고들빼기꽃, 이르게 핀 메꽃이 메마른 5월의 대지 위에서 화사하기가 이를 데 없습니다. 그런데 이렇게 세상을 떠나 산다고 하면서도 여전히 희로애락에 휘둘리고, 지나간 날들에 대해 낯설고 부끄러워합니다. 저 자신에게 좀 관대해져야 하겠다고 느낍니다.

맨해튼에서

뉴욕 맨해튼 거리에 서니
제국帝國의 영화와 우수
오월의 이슬비로 내리누나
쌀쌀한 한기에 감긴
천고의 역사 돌아보니
흥망성쇠의 부침 부질없고
따뜻한 인정과 의리
강철의 신념, 거룩한 믿음이
역사의 결정結晶 만드는 것이니
필부匹夫의 좁은 소견 깨치고 나와
도도한 창조와 파괴의 물결
이 한 몸 담그고 흘러가며
굽이굽이 새 세상 돌아보누나

오래간만에 뉴욕에 갔습니다. 큰아이의 졸업식에 참석하기 위해서입니다. 미국의 수도는 워싱턴 DC이나 뉴욕은 세계의 수도라고 봅니다. 그리고 현재의 미국은 인류사에 찬연히 빛났던 로마제국의 충실한 후계자입니다. 뉴욕의 중심인 맨해튼 거리는 많은 생각을 불러일으킵니다.

저는 지금 시골에서 농사를 짓고 살지만 제 시야는 항상 세계를 향하여 열려있도록 부단히 노력합니다. 매일 아침과 잠들기 전에 미국의 공영방송인 NPR을 꼭 시청합니다. 수십 년간 그렇게 해왔습니다. 그리고 비록 지금은 시골의 한사寒士로 지내나, 미국과 일본 그리고 중국의 여러 대학에서 장기의 연구생활을 한 경험을 소중하게 간직하고 있습니다. 제가 중요하게 생각하는 가치의 하나는, 제 사고가 글로벌 스탠다드를 유지하는 것입니다.

신神의 뜻

간이역 귀퉁이에 핀 들꽃 한 송이가
보잘것없는 자가 흘리는 슬픔의 눈물이
신의 뜻을 품었다는데
사막의 신기루 쫓듯
신의 뜻 찾아 헤매었네
신은 가장 낮은 자, 비참한 자를 사랑한다니
황야를 떠돌아다니는 헐벗은 구도자 되어
하늘 바라보며 오직 신의 뜻 간구하련다
문득 전해올지 모를 자비와 평화의 떨림
그 안에 신의 뜻 담겼으리라
신의 음성은 눈으로 들려오는 것
바람에 떨어지는 꽃의 소리처럼
새벽이 어둠을 밀어내는 소리처럼

세상과 우주에 관하여 이따금씩 생각해 봅니다. 넓고 넓은 우주이지요. 우리의 우주는 지금으로부터 138억 년 정도 전에 빅뱅에 의해 생겨났다는 것이 정설입니다. 우주 중 관측이 가능한 우주는 직경이 약 930억 광년에 걸칩니다.

이 거대한 우주가 어떻게 생겨났을까요? 지금 인간의 이성으로는 딱 두 가지만을 전제할 수 있습니다. 하나는 신神이라고 부를 수 있는 지적 설계자intellectual Architect가 우주를 만들었다는 것이고, 다른 하나는 우리 우주와 물리적 법칙을 달리하는 무수한 다른 우주가 있다는 다중우주Multiverse론입니다. 둘 다 흔히 말하는 실험과 관측을 통하여 입증할 수 있는 것이 아니고, 믿음의 영역에 있습니다. 둘 중 하나를 믿어야 한다는 뜻입니다. 저는 제가 가진 모든 지성과 식견을 통하여 신의 존재를 믿습니다.

노년에 들어 신앙이 있으니 무척 큰 위안이 되는군요. 번잡한 일들을 신앙을 통해 녹이고, 순화시켜 받아들일 수 있으니까요. 때때로 명상을 하며 과연 신의 뜻은 무엇일까 하고 궁리할 때가 많습니다.

감꽃

해마다 늦봄이면
환한 빛살 받으며
감꽃 떨어진다
배고파 배가 고파
하늘이 노랗게 돌던 시절
감꽃 안에 박혀있다
살아남기 위해
버려야 했던 많은 것들
유령처럼 떠도는 공간
아스라이 사라졌던 추억의 한 토막
간신히 끄집어 내려
마주하고 바라본다
살아남은 자는
언제나 슬픈 것이니
메마른 황톳길 점점이 박힌
먼저 간 자들을 슬퍼하며
흘리는 내 눈물
적요의 저 편으로 스며든다

아침 밭일을 마치고 장의자에 앉아 마당을 물끄러미 바라봅니다. 고목의 감나무도 있습니다. 그 외에도 군데군데 감나무가 무척 많습니다.

저희가 어렸을 때 늘 배가 고픈 아이들은 새벽이 되면 벌떡 일어나 동네 큰 감나무 밑으로 달려갔습니다. 주운 감꽃을 실에 꿰어 목걸이를 만들어 걸어두고 이것을 털어먹으며 허기를 달랬습니다.

어렸을 때 저희들보다 더 윗세대인 4·19 세대가 젊은 시절 만든 문집을 여럿 본 적이 있습니다. 형과 누나들이 가져온 것을 읽었습니다. 워낙 읽을거리가 귀한 터라 가리지 않고 읽었습니다. 그런데 그 문집들의 특색을 하나 들라치면, 모은 글들 중 유난히 감꽃에 관한 글이 많다는 사실입니다. 감꽃이 그 당시 젊은이들이 가졌던 상처이자 상징이었던 셈이지요. 이제는 누구도 감꽃을 먹기는커녕 거들떠보지 않으니 상전벽해처럼 변한 세상입니다.

종일 내리는 비

하루 종일 뭣에 사무치는지
하염없이 내리는 비
나뭇가지 땅 냄새 맡으려
길게 내려오고
긴 풀은 그냥 누워버린다
새들 사라진 빈 공간
낯설지 않은 모습들
어슴푸레 떠올라 어른거린다
모든 것 삼켜버린 세월이
되새김질로 내놓는 것이라
위안과 갈망이 섞인 눈으로 바라보나
정념의 불꽃은 버거울 뿐
지그시 눌러 흘려 버린다

시골에 살면 비가 내리는 모습을 그대로 봅니다. 담장의 기왓장을 적시는 비를 봅니다. 지붕 기와를 흘러내려 물확으로 떨어지는 빗물 기둥을 봅니다. 빗물에 잠기며 조금씩 짙은 색으로 변해가는 마당을 봅니다. 나무와 풀들은 비를 맞고 본래의 색을 찾습니다. 빗방울에 맞추어 세상 전체가 협연하는 거대한 교향곡을 듣기도 합니다.

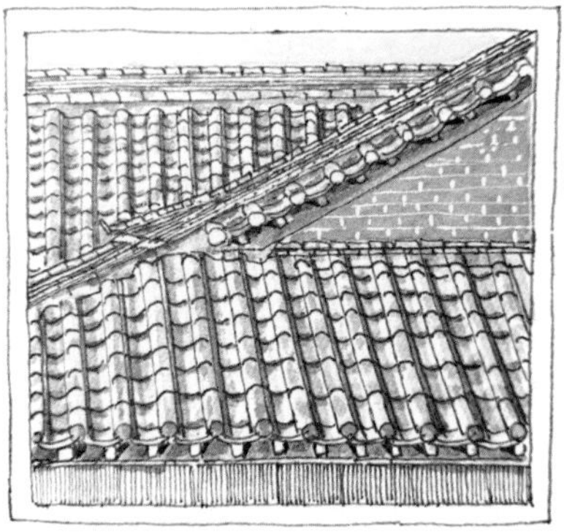

당고개 순교성지

뉘엿뉘엿 해가 지며
벌겋게 물든 한강수
긴 강 내다보는 언덕배기
당고개 순교성지의 한옥
귀퉁이에 숨은 노란 금계국
고개 한껏 빼어
누구를 기다리는 것일까
기다림은 그리움에서 비롯되니
눈 펄펄 날리던 그날의 참혹한 기억
순명의 죽음이
거룩한 푸른 하늘 만들었고
언젠가 하늘 열리는 날
그분들 다시 오리니

님들 가신 자리에 자맥질하는
은총의 은빛 고동
새날의 소망으로 기다리는
뭇 생명들 숨소리 깊은데
평온한 저녁의 온기 어린 손
살포시 대지를 덮는다

사람은 무엇으로 사는 것일까? 삶의 어떤 상태를 행복이라고 부를 수 있는 것일까? 하는 의문을 던져봅니다.

아내가 아침 둘만이 가지는 티타임에 말했습니다. “오늘 일어나 밭에 나가서 새로 난 산딸기와 오디를 따고 살구를 따 소쿠리에 가득 넣을 때 바로 이것이 행복한 것이 아닐지 하고 생각했어요.” 저는 한마디를 보탰습니다. 지금 저희가 사는 곳이 아내가 태어나 자란 고향이라는 사실이 그 충일한 느낌을 배가하는 것이 아니겠느냐고 하였습니다.

대구 토박이인 저는 제 부모 양계에서 모두 임진왜란 무렵부터 조상들이 대구에서 살기 시작했습니다. 덕분에 대구토박이의 전형적 특성을 보여줍니다. 무엇보다 고집이 무척 셉니다. 돌아가신 대학 은사 고 심헌섭 선생님은 “허 저놈 고집은 세상 누가 말릴 수 있겠노?”라고 하신 적이 있습니다.

그러나 실향민 아닌 실향민입니다. 제가 어릴 때를 보낸 지산동, 황청동(지금은 황금동), 범물동 등에서 옛날의 모습은 급격한 도시화로 완전히 사라져 버렸습니다. 저는 그 풍경을 오매불망 그리워합니다. 딱 한 번만이라도 제가 죽기 전에 다시 볼 수 있었으면 여한이 없으련만 하고 간절히 소망하기도 합니다. 물론 부질없는 일이지요. 그 대안으로 지금 제 주위에 비슷한 풍경을 만들어 자족합니다. 그리고 아침나절에 주로 하는 노동은 그것을 위해 제가 지출하는 대가이자 풍경에의 몰입을 위한 수단인 셈입니다.

인간은 수많은 욕구를 가집니다. 고 성철 스님은 그 가운데에서 '명예욕'이 가장 끈질기다고 하셨지요. '자기인정의 욕망'이라고 부를 수 있는 것입니다. 저는 과연 여기에서 벗어났다고 할 수 있을까 하고 자문합니다. 한 80퍼센트는 벗어난 것 같은데 20퍼센트 정도는 여전히 끈끈하게 붙어있는 듯합니다. 차츰 더 좋아질 것입니다. 그쪽으로 갈수록 저는 가족이나 주위 사람들에게 편안한 존재로 되어가며 보다 큰 행복감에 쌓일 것입니다.

그런 저의 과거 인생은 돌이켜보면 실패로 점철되었습니다. 그런 중에도 남아 있는 몇 가지는 흐뭇한 마음으로 소중하게 간직합니다. 그중에 하나가, 어설프나마 노년에 들어 신앙을 갖게 되었다는 것입니다. 마음이 세찬 빗방울처럼 흔들리거나 속이 꽉 막혀 앞이 보이지 않을 때는 그분을 떠올리며 모든 것을 그분께 맡깁니다. 오직 그분의 뜻을 좇으려고 할 때 풍랑은 잦아들고 빛이 멀리서 서서히 나타나 다가옵니다.

제가 자주 가는 곳이 용산에 있는 당고개 순교성지입니다.

옥수수의 꿈

내사, 지지리 못난 내사
불모의 황무지에서 태어났지
살아가는 날 하루도 편한 날 없이
때때로 절망의 파도에 휩싸이고
긴 밤 숨죽여
미천한 내 운명 슬퍼하며
꺼어이 꺼어이 울었지
거친 대패로 갈린 헐벗은 내 청춘
언젠가 어두운 장막 넘어
찬란하게 비상하리라는 꿈 꾸었지
야무진 꿈 버리지 않았길래
오뉴월 한낮 땡볕을 버티며
이 악물고 생존의 힘 짜내었지
비로소 장마철 지나며 얻은
내 황금빛 투구 번쩍이면
부활의 꿈은 서서히 영글어간다

고통의 계절 지나며 꿈속에 박아넣은

내 숱한 땀과 끝없는 인내

한알 한알의 보석이 되어

환한 얼굴로 부활하리니

한 번씩 아이들이 사는 서울에 갑니다. 무엇보다 아이들 얼굴을 보는 것이 행복합니다. 때로는 가슴이 벅차오릅니다. 그 밖에도 행복한 그 무엇이 몇 개 있습니다. 그중의 하나가 언제든 간편하게 이발을 할 수 있다는 점입니다.

집 앞에 '블루클럽' 가게가 있어서 돈 만 원 남짓으로 별 기다림 없이 이발합니다. 시골에서는 제가 사는 근처에 이발소가 없고, 멀리 떨어진 곳으로 찾아가도 만 원보다는 더 받습니다.

어릴 적 저처럼 가난한 집 아이들은 추석이나 설날이 되어야 비로소 목욕탕에 가고 또 머리를 깎았습니다. 그런데 정식 이발관에는 비싸서 가지 못하고 '야메'로 하는 가게에 갔습니다. 간판도 없고 외부노출을 피해 헛간 같은 곳에다 차렸습니다. 몰려든 아이들은 어둡고 숨 막히는 공간에서 쪼그리고 앉아 꾹꾹 참으며 차례가 오기를 기다려야 했습니다. 그런데 막상 이발을 시작하면 이젠 지독한 아픔을 참아야 했습니다. 이발 도구인 '바리깡'이 워낙 낡아 이빨이 몇 개 빠져 수시로 생머리카락 그대로 뽑아내었기 때문입니다. 그렇게 해서 이발을 하고 이발소를 나오면 "휴, 살았다!"하며 뜀박질로 재빨리 그곳에서 멀어졌습니다.

한 해에 두 번은 꼭 겪어야 했던 악몽 같은 경험은 오래오래 여운을 끌어 지금까지도 영향을 미칩니다. '블루클럽'에서처럼 쉽게 이발할 수 있다는 것 자체가 저에게는 큰 행복감을 안겨주는 것입니다.

오월은 장미의 계절입니다. 집의 줄장미가 엄청난 힘으로 꽃들을 달기 시작했습니다. 몇 해 전 장미들 사이에 있던 쥐똥나무들을 제거해 주고, 퇴비를 주기 시작한 이래 점점 더 힘을 얻었습니다. 올해의 기세는 더욱 좋습니다. 저를 위해 이토록 정열적으로 온 힘을 다해 피어주는 것은 고마우나 어쩐지 자꾸 과분함을 느낍니다.

옥수수가 무럭무럭 커갑니다. 여분의 것을 주위와 나누어 먹기에는 옥수수만 한 것이 없습니다. 여름철의 별미지요. 아마 7월 초순경이 되면 알이 실하게 박혀 쪄 먹을 수 있습니다.

옥수수가 얼마나 가혹한 생존조건을 이겨내는 식물인가를 잘 아시지요? 옥수수같이 척박한 환경을 이기며 성장한 사람, 그중에서도 어려운 과정을 거치며 다른 이의 슬픔과 고통에 대한 공감능력을 갖추게 된 사람은 바람직한 삶을 살겠지요. 그리고 주위에 많은 선한 영향력을 끼치며 아름다운 일생을 살아가겠지요.

2부

·

여름

장미가 진 자리

장미꽃 모두 떨어진 자리
언제나 허전하다
생과 사의 흐릿한
갈림길 마냥 쓸쓸하다
너와 내가 하나이기를 바랬어도
본디 하나가 될 수 없다는 것
너도 알고 나도 알았다
고조되는 긴장의 열기로
파열할 수밖에 없었던 젊음
적막을 태우는 태양 사납게 이글거리고
갈증은 덫에 걸린 짐승의 부르짖음
돌이킬 수 없는
돌이키고 싶지도 않은 그날
장미꽃 진 자리
한 구석에 놓인 안식을 얻어 가진다

여름의 이글거리는 태양, 말라붙은 대지, 그 가운데 있는 나무와 풀들을 한참 들여다보노라면 의식이 몽롱해집니다. 급기야는 생과 사가 함께 존재하며 서로가 융합하여 녹아내리는 것 같은 착각에 빠지기도 합니다. 마침 경주에서 개인전을 연 어느 화가의 작품 중에 〈녹음〉이라는 제하의 그림이 제 마음속에 품고 있던 이 무렵의 정취를 그대로 담아내었더군요. 그 전시장에서 즉흥으로 시를 하나 썼습니다.

자유인

애욕과 집착의 줄에 묶인 나
일상의 중력이 무겁기만 한 어느 날
저 멀리 바다 넘어 대륙을 건너온
한 줄기 바람 불 때
줄을 풀고 바람에게 몸을 맡기니
훨훨 날아오른다
잡아당기는 못난 과거의 장면들
매몰차게 떨쳐버리고
슬픔의 빗방울 아랑곳하지 않고
오직 앞을 응시하는 긴 호흡
꼿꼿이 머리 들고
가벼이, 가벼이 날아갈 거야
바람처럼 뻐꾹새처럼 햇살처럼
길고 긴 침묵의 동토 위로
나는 자유인이야

이른 아침이라 서늘한 바람을 가르며 이곳저곳 움직입니다. 벌써 여름이라 밭을 돌보기가 쉽지 않아졌으나, 아침은 그런대로 괜찮습니다. 모기가 부쩍 늘었으나, 인터넷으로 구입한 국산 계피액을 옷에 뿌리니 미국제 모기 기피제보다 낫습니다. 여기저기 작물들과 나무들을 살펴보며 내 손으로 해줄 수 있는 조치를 취해주고 다닙니다. 땀이 서서히 몸에 뱁니다. 마음의 한구석에서 평화로움과 충일감이 차오릅니다. 이것이 온몸에 퍼지도록 그대로 놔둡니다. 어느덧 세상만사를 잊어버리고 저는 세상에서 가장 행복한 존재로 빛을 냅니다.

해마다 유월이 되면 우리 산야에는 메꽃이 숱하게 피어납니다. 분홍색이 옛날 저고리를 물들인 바로 그 색으로 보입니다. 한국의 꽃들은 그처럼 값없이 피어 누구의 눈길도 원하지 않습니다. 혼자 피었다 혼자 집니다. 그렇게 하며 오랜 세월 우리와 함께 지내온 것이지요. 그러는 사이 그들은 우리들 정조情操에 깊이 박혀버렸습니다. 그들을 보는 우리의 눈길은 지극히 온화해집니다.

여름의 초입에 서서 저도 우리의 산야에 피는 꽃들처럼 자유롭게 살기를 소망합니다.

사는 게 별 건가

이슬 젖은 풀잎
나를 보더니 웃어요
나도 따라 웃지요
사는 게 별것 아니잖아요
기쁠 때 마음 편히 웃고
슬픈 일 있으면
고요한 밤하늘 향해
눈물 흘리는 것이지요
그럭저럭 사는 사이
한세상 후딱 가고
내 본래 모습
해진 문풍지처럼 남지요

요즘 들어 부쩍 흰나비를 자주 봅니다. 밭의 이곳저곳을 날아다닙니다. 과거 30여 년 전, 생의 의욕을 거의 상실하고 심한 우울증으로 빈사의 상태에 이르렀을 때 오히려 의식은 아주 명징했습니다. 믿기지 않겠으나, 하늘을 나는 나비나 잠자리와 말이 통했습니다. 하도 신기하여 오른팔에 앉은 나비에게 "네가 정녕 내 말을 알아듣는다면 왼팔로 옮겨 앉도록 해봐라."하고 말했더니 푸드득 왼팔로 옮기더군요. 날아가는 잠자리를 부르면 바로 제 몸에 앉는 것은 자주 경험했습니다.

3년 전 묘목을 사다 심은 뽕나무의 소출이 엄청나게 이어집니다. 오디의 무게를 감당하지 못해 가지는 모두 휘영청 휘어졌습니다. 지난달부터 따내어도 아직 여전히 많이 달렸습니다. 매일 새롭게 다 익은 오디를 따냅니다. 산딸기도 그 무렵 이웃집에서 몇 그루 어린나무를 삽으로 퍼와 어설프게 심은 것이 올해부터는 본격적으로 열매를 맺는데 수확의 양이 심상찮습니다. 아침에 잠깐 딴 오디와 산딸기가 광주리에 가득 찹니다.

이렇게 자연은 우리에게 아낌없이 줍니다. 인간의 부모가 자식에게 베풀 듯 그렇게 합니다. 옛날 미국에 살 때 매일 같이 가던 골프장 관리인이 말끝마다 '마더 네이처Mother Nature'라고 하던데, 자연은 우리에게 그런 존재입니다.

또 하나의 즐거움이 있습니다. 얼마 전 유기견보호센터에서 데려온 아이의 이름이 '아루'입니다. 어미가 경주 코아루 아파트 근처에서 발견되어 '코'자를 빼고 이름을 지었다고 하더군요. 입양자를 찾지 못한 채 조금 더 시간이 지났으면 살처분해야 했답니다. 그런데 제가 아이들 셋 키우고, 또 수십 년간에 걸쳐 개들을 데리고 있었으나 누구도 이놈만큼 애교를 부리지는 않았어요. 마치 온몸을 던지듯 주인 마음에 들려고 합니다. 어찌나 사랑스럽게 구는지 온 집안에 함박웃음을 선사합니다.

노년의 저에게 좋은 친구가 될 것 같습니다. 이 아이와 더불어 살면 무료함을 많이 덜겠지요.

내가 갈 곳

내 숨이 가빠지고
의식이 흐려질 때
내 영혼 비로소 자유 얻으리라
오랜 시간 신세 진 육체의 틀
불편하고 버거웠지
이제 소풍을 끝낸 단출한 마음
육체의 수고에 감사하며
나는 새로운 차원으로 들어가리
그곳이 어떤지는 알 수 없어도
이승에서의 배움을 토대로 하여
그 어떤 거부의 몸짓 없이
조용히 순종하며 받아들이리라

대부분의 사람들은 죽음으로 우리의 모든 것이 끝난다고 생각합니다. 그러나 상당히 많은 사람들은 자신의 체험을 통해 그렇지 않음을 주장합니다. 그들은 이렇게 말합니다.

"육체에 영혼이 깃들어있으나, 영혼은 죽음이나 어떤 사유로 육체를 이탈합니다. 그때부터 영혼은 육체와는 상관없는 존재로 독자성을 갖습니다."

유체이탈 혹은 임사체험near-death experience을 한 이들의 대체로 공통된 증언은, 자유롭게 부유하는 영혼이 원통 안이나 터널의 어둠을 통과하여 밝은 세계에 이르고 여기서 지상에서 사랑하던 사람의 인도를 받습니다. 이때 지고지순의 열락을 느끼는데 이것이 바로 천국이라고 할 수 있습니다. 궁극적으로는, 엄청나게 밝으나 전혀 눈부시지 않은 커다란 빛의 존재 앞에 서서 자신의 일생을 회개한다고 합니다.

저는 1970년대 후반에 영혼이 육체를 빠져나오는 유체이탈을 경험하였습니다. 워낙 생생한 경험이라 그때의 광경을 지금도 똑똑히 모두 기억합니다. 하지만 몇 가지 불명한 점이 있었습니다. 그런데 유명한 뇌과학자인 이븐 알렉산더Even Alexander가 의식불명 상태에서 회복한 후 쓴《나는 천국을 보았다(원제는 Proof of Heaven)》책을 최근 읽으며 의문점들이 다수 해소되었습니다.

우선 저는 그 경험이 저의 뇌작동과 어떤 관련이 있는지 확신을 할 수 없었습니다. 알렉산더 교수는, 나중에 입원 중 찍은 자신의 뇌사진 판독을 통해 뇌기능이 확실히 정지된 상태에서 임사체험을 겪었다는 사실을 밝혀내었습니다. 그러므로 유체이탈이나 임사체험의 경험은 뇌의 기능과는 하등 관련이 없다는 점이 그의 증언으로 입증된다고 할 수 있습니다.

그리고 알렉산더 교수는 자신의 체험에서 우리가 하느님이나 관계를 가지는 다른 사람들과 영적으로 연결되어 있다는 점을 강조합니다. 이 말을 들으며 저는 기도의 효용에 관한 분명한 인식을 가질 수 있었습니다.

저는 과거 겪은 유체이탈의 경험으로 한 가지 좋은 점을 가지게 되었습니다. 죽음을 그다지 두려워하지 않는다는 것이지요. 육신과 분리되는 영혼은 죽음으로 없어지지 않고 오히려 육신에서 벗어나서 갈 곳으로 간다는 확신을 갖기 때문입니다. 그리고 세상의 명망이나 영화, 출세, 축재 등에 큰 미련을 갖지 않게 된 계기도 되었습니다. 제가 지금까지 오랫동안 시골에 살면서 유유자적할 수 있는 것도 아마 그 때문이 아닐까 합니다.

여름날의 고백

주름 잡힌 뜨거운 열기
사정없이 몰아치고
바람 한 점 아쉬울 찰나
나무 한 그루의 그늘
안식의 여운으로 드리운다
부끄러운 과거
저지하는 벽 뚫고 쏟아져
마구 어지러이 펄떡이는데
초월의 눈이 보내는
응시의 긴 투사投射
조금씩 마련되는 정돈
조용한 고백의 읊조림
더위에 지친 새들
다시 날아오른다

유실수는 다른 나무도 마찬가지이지만, 보통 묘목을 심은 지 3년 정도 지나면 뿌리를 착실하게 뻗어 열매를 맺습니다. 몇 해 전 살구나무를 심었는데 드디어 본격적으로 많은 열매를 맺기 시작했습니다. 살구가 먼저 나고 이어서 자두를 먹을 수 있습니다. 자두나무는 오래전부터 무려 여섯 주나 커왔습니다. 살구와 자두는 초여름의 별미입니다. 곧 7월 초순이 되면 옥수수를 따 먹을 수 있습니다. 여름날은 땀을 흘리며 열심히 일합니다.

옥수수

해마다 7월이면
삶은 옥수수 냄새 퍼지며 절정에 오르는 여름
질척거리는 땀 떨어져 온 세상 젖어도
옥수수 먹으며
뿌연 여름의 형상을 본다
누렇게 바뀔 옥수숫대
가을배추 심으려 뽑혀 나갈 때
무심한 새소리에 실려 가라앉는 여름
그렇게 세월이 흐른다는구먼

지난 4월 하순에 심은 감자가 벌써 수확이 됩니다. 하지 무렵에 거두어들입니다. 제가 씨눈을 칼로 쪼개고, 아내는 심었습니다. 무려 다섯 고랑이나 심었습니다.

비닐로 덮어씌우지 않고 제초제를 쓰지 않으니 감자밭에는 풀들이 뽑아내고 돌아서면 다시 납니다. 남들이 볼 때는 게으르다고 저희를 책할지 모르나 사실은 경위가 그런 것입니다.

감자는 상온에서도 상하지 않고 오래 갑니다. 그래서 주위에 시간을 두고 천천히 나누어줄 수 있습니다. 그리고 아마 우유와 더불어 가장 '완전식품'에 가깝게 여러 영양소를 고루 갖고 있는 것으로 압니다.

과거 안네 프랑크의 가족들은 나치의 눈을 피해 숨어 살며 2년간 오직 가져다 둔 감자만을 먹으며 살았습니다. 어렸을 적 안네 프랑크의 일기를 읽었을 때는 거의 감흥을 느끼지 못했습니다. 무미건조한 책으로 기억하였습니다. 그런데 나이 들어 한 번씩 그때 읽은 희미한 내용이 머리에 떠오르며 가슴을 칩니다. 매일이 생사의 기로였고, 두려움에 떨며 철저하게 폐쇄된 공간에서 살아야 했던 그 가족의 고통이 제 몸에 으스스 스며듭니다. 그리고 그런 공간에서 사춘기를 보내던 안네 프랑크라는 소녀의 복잡하고 애틋한 심경이 전해집니다. 안네 프랑크는 결국 나치 수용소에서 생을 마치게 되고, 기적적으로 수용소에서 살아남은 아버지가 돌아와 안네 프랑크의 일기를 발견하게 되지요.

저희집 감자를 먹은 이들이 하나 같이 타박타박하고 맛있다고 칭찬해 줍니다. 제가 먹어도 좀 그런 것 같습니다. 사실 근래의 감자는 저희 어릴 때 먹던 단단하고 맛없던 감자가 아닙니다. 미국에서 '으깬 감자mashed potato'를 해 먹는 품종을 들여온 것으로 압니다.

7월 초순이면 옥수수를 거두어들일 수 있는데, 이것 역시 나누어 먹기 참 좋은 것입니다. 밭에서 옥수수가 잘 익어가고 있습니다. 수술이 나온 옥수수가 쭉 늘어선 모습을 보면 투구를 쓴 병정들의 도열 같아 보입니다. 요즘 옥수수는 모종이 거의 전부 찰옥수수여서 무척 맛이 좋습니다. 한여름 가족이나 친지들이 둘러앉아 밭에서 떼어낸 옥수수들을 삶아 나누어 먹는 광경을 그립니다. 곁에 시원한 수박이 있으면 더욱 좋지요.

능소화

삶은 언제나 오래가고 고달프니
좋은 인연이라도
때맞춰 오지 않는 경우 부지기수라
가슴 아프긴 해도
그 인연이 남긴 환한 등불
빛을 내어 이끈다
해마다 여름이 되면
갖은 정성 다해
무수히 피어오르는 능소화
어디서 본 것 같은 단정한 얼굴
연주황 꽃그늘 아래 서서
미끄러진 인연 되새기며
왠지 눈물 글썽이는데
한 해 두 해 갈수록
능소화 고운 자태가 되어
바람결 위 고운 여운 만드는구려

오늘 올여름 첫 매미 소리를 들었습니다. 여름의 냄새가 함께 실려 오는 듯하더군요. 며칠간 더위를 먹었는지 냉장고에 든 수박을 꺼내 허겁지겁 먹고는 합니다. 별 대단한 일을 하는 것도 아니나 어쨌든 아침에 일어나 일을 하면 내의가 흠뻑 젖습니다.

저 먼 옛날 수박을 사와 형제들이 화채를 만들어 나누어 먹었는데, 수박 조각을 물과 함께 먹은 셈입니다. 설탕은 귀하니 사카린을 넣어도 맛있었습니다. 아니 그날 자체가 아주 특별한 날이었지요. 조금 갈증이 나기만 해도 수박 정도는 얼마든지 먹을 수 있는 오늘의 여유가 가지는 의미를 되새깁니다.

드디어 저희집에도 능소화가 피었군요. 묘목을 사와 키웠는데 첫째 둘째 해는 시원찮았습니다. 3년째인 올해는 드디어 본격적으로 꽃이 피기 시작하는군요. 참 부지런하게도 쉴 새 없이 꽃을 피우지요. 이 꽃을 볼 때마다 그 정성이 놀랍습니다.

그 사람

어제도 오늘도 오지 않는 사람
아침에 까치 소리 들으려 이리저리 오가도
소식 하나 없는 사람
여름 무거운 적막
땅 밑으로 사정없이 내려앉는데
행여나 행여나 하고
기다리는 그 사람
만나도 한 마디 말 못하고
해설픈 만남 불에 단 인두가 되어
내 몸 지진다면
차라리 이대로 그리움 먹고 살지요
바람에 헛된 생각 날려버리고
있는 듯 없는 듯 가만가만 살지요

오늘 최고기온이 30도를 넘는다고 합니다. 본격적인 여름의 시작입니다. 어떤 이는 조금 기온이 오르면 '이상기후'라고 하며 세상의 종말에 가까운 듯이 말합니다. 그러나 또렷한 제 경험에 비추어 보면 기후에 관한 말들은 과장이 좀 섞여 있습니다.

저는 그 덥다는 대구의 토박이입니다. 따라서 더위를 잘 참는 편입니다. 그럼에도 어릴 때 양철지붕 밑에서 견뎌야 했던 그 더위는 인간의 인내 한도를 시험하는 것이었습니다. 어린 저는 더위를 꾹 참으며 하나의 기준을 세웠습니다.

38도가 넘으면 제대로 더위가 닥친 것으로 쳤습니다. 그때 기억으로 40도 넘는 날도 간혹 있었습니다. 37도는 전형적 여름의 기온이고, 35도 이하이면 이것은 그냥 땅 짚고 헤엄치기나 마찬가지로 별것 아니다, 이렇게 기준을 세웠습니다. 제가 아직도 이 기준을 생생하게 기억하고 있음은 그만큼 더위에 시달려서인 까닭이겠습니다. 허술한 가옥구조라 실제 느끼는 체감온도는 훨씬 더했고, 선풍기 하나 없었던 시절이었습니다. 어린 저에게 여름은 언제나 가혹하였습니다.

농사를 짓는다고 해도 과거처럼 그런 무지막지한 여름을 만나는 것이 아닙니다. 땀이 나서 내의를 적시면 샤워를 한 뒤 옷을 갈

아입습니다. 노동을 마친 다음에는 시원한 선풍기를 틀어놓고 책을 펼칩니다. 사위가 조용한 속에서 들리는 소리는 새소리밖에 없습니다.

그런데 우주 전체에 적용되는 열역학 제2법칙에 따르면, 엔트로피는 시간이 흐름에 따라 증가할 뿐이지 감소할 수는 없습니다. 엔트로피는 쉽게 말하자면, 무질서의 정도라고 할 수 있습니다.

농사는 이 열역학 제2법칙을 거스르려는 것으로, 작물이나 농토에 끊임없이 인간이 생각하는 대로 질서를 부여하려는 것입니다. 인간의 손이 닿지 않으면 논이나 밭은 무질서의 혼돈상태로 치닫습니다.

여하튼 요즘 일을 하면 내의가 푹 땀으로 젖어 걸리적거립니다. 그런데 우주의 법칙을 거슬러 질서를 부여하는 작업을 밭에서 하고 있노라면 무아지경에 빠집니다. 그리고 얼마나 흐뭇한지 모릅니다. 산딸기는 끝물로 접어드는데, 산딸기 옆에는 복분자가 이제 위세를 떨치며 열매를 익히고 있습니다. 몇 해 전 아들과 아내가 묘목 두 그루를 사왔는데 별로 시원찮았습니다. 그럭저럭 몇 년 가는 사이에 올해는 마치 거대한 장벽처럼 우뚝 서서 가지마다 열매를 수북하게 내어놓았군요. 저것을 어찌 다 따나 하는 생각에 숨이 멎는 듯합니다. 이래저래 여름은 풍성한 계절입니다.

때때로 밭일을 하다보면 제가 서있는 적막한 공간으로 옛날 그 사람의 향취가 바람에 실려오는 것 같은 착각에 빠집니다. 기막힌 인연은 살아가면서 내내 잊히지 않는 것이겠지요.

그곳에 간다

만경창파 헤치고 흰 구름 짚으며 그곳에 간다
두꺼운 껍질 부서져 겨우 내민 목으로
새로운 세상 보고 감격했던 그곳에 간다
내가 흘린 눈물의 자취 찾고 싶어
정수精髓는 날아가고 헛껍데기만 남았어도
행여 바람에 묻어올 그의 향기 찾아
아물아물한 기억에 물어물어 그곳에 간다
슬프고 외로운 길 종착지에
환한 빛으로 서 있을지 모를 그를 찾아
내 모든 잘못과 어리석음 용서받을지 몰라
마지막 힘 간신히 짜내어 그곳에 간다
허접하고 비루한 인생으로 종 치고 싶지 않아
풀잎 위 한 방울 이슬만치라도 되고 싶어
그의 평화와 자비를 구하며 그곳에 간다

오래 가물었습니다. 가뭄은 우리를 침묵 속에 가두는 것 같습니다. 드디어 완강한 침묵의 벽을 깨고 단비가 내립니다. 시들어가던 초목이 생기를 얻습니다. 이 비는 본격적인 여름의 도래를 알립니다. 그리고 얼마 있지 않아 장마가 시작할 것입니다.

장마철의 꽃은 수국입니다. 수국은 꽃 색깔을 바꾸며 장마의 단조로움에 시달리는 사람들 마음을 위로해 줍니다. 수국을 사랑하던 어머니를 생각하며 실한 놈을 하나 사서 심었는데, 아쉽게도 올해는 꽃을 피우지 않습니다.

아들이 어제 잠시 내려왔습니다. 우리는 타임머신을 타고 아들의 어릴 적으로 돌아갔습니다. 그렇게 생각할 것 없다고 손사래 치며 말렸으나, 연신 부모가 얼마나 자신에게 많이 베풀어 주었는지 잘 안다고 힘주어 말했습니다.

사실 저는 워낙 아이들을 너무나 어렵게 얻었습니다. 그 탓에 아이들 걱정에 휩싸여 지냈습니다. 아이들은 아무래도 저에게 주어진 과분한 축복만 같았습니다. 축복이 갑자기 사라질지 모른다는 불안이 저를 늘 괴롭혔습니다.

사법부의 정풍을 촉구한 일로 1993년 판사직에서 내쫓겼습니다. 막막한 심정에 매일 도시락 하나 싸들고 혼자서 집 뒤에 있는 대구 용지봉에 올랐습니다. 꼭대기에서 아이들 이름을 외쳐 불렀습니다. 다시 재임용을 한다는 말이 들려 기다렸으나, 여름이 지나고 가을이 지나 겨울의 깊은 속으로 들어간, 어느 찬 바람 몰아치는 날 아장아장 걷는 아이들 손을 잡고 경주로 내려갔습니다. 다시는 이곳 바깥으로 발도 내딛지 않고 경주에서 한 생을 마치겠다고 속으로 다짐했습니다. 그렇게 경주생활이 시작되었으나, 끊임없이 상실의 염려에 시달렸습니다. 심지어 그 무렵에는 겁이 나서 비행기를 타지 못했습니다. 제가 죽는 것이 겁나는 것이 아니라 저 아이들은 어찌하나 하는 애절한 심정이었습니다.

비 내리는 풍경이 무척 아름답습니다. 비 사이로 지나간 날들이 아른거립니다. 지금 저는 살아있고 살아있음에 행복해합니다.

한밤에는 개구리 소리가 여전하군요. 오월 하순부터 시작하는 모내기철을 맞아 물이 풀리면 온 세상 개구리가 다 모여 합창을 합니다. 조금 과장을 섞으면, 마치 그 소리가 천지를 꽉 채워버리는 듯합니다.

시골에서 살면 아무래도 혼자서 생각하는 시간이 많아집니다. 지나온 세월의 여러 가지를 떠올립니다. 그중에서 제가 못난이 역할을 한 일들이 자주 머리를 스칩니다. “아니 어떻게 내가 그럴 수 있었을까?”하는 자책이 몸을 파고듭니다. 어떤 경우에는 몇 번이나 그것을 시정할 기회가 주어졌음에도 바보처럼 지나치기도 했습니다. 더욱이 그것이 제 인생에서 너무나 소중한 사람에게 행해졌다는 사실에 망연해집니다.

이런저런 사연을 묻으며 시간은 흘러갑니다. 포기할 것은 포기해야겠지요. 그러지 못하고 추억에 머물러 있으면 주책맞다는 핀잔을 받기 마련입니다. 시골의 밤은 깊어 갑니다.

내가 살아온 시간들

내가 살아온 모든 시간들
달빛에 비치는 흐릿한 윤곽
슬퍼하는 사람
눈물 한 번 닦아주었더라면
배고픈 사람
따뜻한 밥 한 끼 사주었더라면
절망하는 사람
한 번 꼭 껴안아 주었더라면
나는 왜 그처럼
매정하고 인색하기만 했을까
사람답게 사는 것이 어려워도
사람답게 살려고 노력은 했어야지
자책과 회한에 가려 잘 보이지는 않지만
간혹 보석도 숨어있겠지 기대하며
흘러간 시간이 담긴 상자
밤의 날개로 덮는다

‘오부 자 피뿔, 바이 자 피뿔, 포-자 피뿔’, 이 말을 듣고 무슨 의미인지 알 수 있겠습니까? 아마 짐작조차 하기 어려울 것입니다. 사실 이 말은 영어의 ‘of the people, by the people, for the people’이라는 미국 링컨 대통령의 민주주의 3원칙입니다. 제가 중학교를 다닐 때 어느 선생님은 이렇게 일본식으로 발음했어요.

중학교 다닐 때 제 간절한 소망은 카세트테이프 재생기를 하나 사는 것이었습니다. 도대체 영어를 원어민이 어떻게 발음하는지 궁금해 미칠 지경이었습니다. 그들이 하는 발음을 직접 들으면 속이 뻥 뚫려 시원해질 것 같은 절박한 생각이 제 머리를 눌렀습니다. 그러나 여러 형제 중 밑에 깔린 막내인 저에게 이것을 하나 사 줄 집안 형편은 도저히 되지 못했습니다. 꽤 긴 시간 끙끙 앓으며 지낸 기억이 아직 남아있군요.

제가 살아온 날은 그랬습니다. 어쩌면 서럽고 못난 시간들이었지요. 지금은 시골에서도 그런 지식의 목마름은 생기지 않으니 그 하나만으로도 얼마나 좋은 세상일까 하는 생각을 해봅니다.

종생終生의 터

없는 집 끄트머리 있는 둥 마는 둥 열 번째 자식
언제나 헐벗은 지극히 작은 존재
겨울이면 손가락 퉁퉁 붓고
갈라진 피부 사이로 피가 나고 진물이 흘렀다
엄청난 난독亂讀 덕분에
소위 일류학교를 나오고 사법시험 합격해서 판사가 되었지
하지만 세상에 자리잡힌 기성질서의 부조리에 눈 감을 수 없었고
사법부를 공격한 판사로 현행헌법하 처음으로 법관직 박탈당하여
대지가 꽁꽁 얼어붙던 날 아장아장 걷는 두 아이의 손 잡고
이곳에 내려왔다
변호사로 돈 좀 벌어 오직 너희들을 위해 집을 지었지
그러나 아무래도 내 길이 아닌 것 같아 때려치우고 대학에 들어갔다
명성도 얻었으나 여전히 왜 가진 자들만 번갈아가며
특권적 지위로 몸을 감싸고 거들먹거리는지 이유를 알 수 없었다
로스쿨이 생기고, 그 로스쿨에 몸을 담고, 로스쿨의 허위와 모순,
불공정성에 눈을 떠
로스쿨을 감싸고 있는 기득권세력과 싸움을 벌였다
백, 천, 만과의 싸움에서 도저히 상대가 되지 않았다

그들은 검찰과 법원을 끼고 사정없이 채찍으로 후려쳤다
피투성이가 되었다, 다시 쫓겨났다
싸움꾼 버릇 버릴 수 없어 진보귀족의
지독한 위선과 무능에 대들던 어느 날
걸출한 인물을 만나 그를 대통령으로 만들기 위해
조그만 정성을 다 바쳤고
그가 당선되던 날 나는 생애 처음 아싸에서 인싸가 되었다
남들은 한자리 얻으려고 저러는가 보다 하였으나
이미 내 나이 70이 다 되었으니
그의 취임식에 나를 초대해준 것으로 만족하였다
이곳에서 농사짓고, 책을 읽으며, 하느님을 가슴에 모시려고 한다
이루고 싶은 것 많았고, 세상을 바꾸어보려는 기개는 높았어도
평생 단 한 번도 주어지지 않은 기회
하지만 박복한 운명에의 철저한 순응 그것은 나의 힘
언젠가 가장 약하고 보잘것없는 자의 숨소리도
존중받는 세상 올 때
내가 남긴 글이 티끌 같은 도움 되길 바라는 마음만 남긴 채
이제 원망도 미련도 버리고,

자족과 감사의 은빛 물결에 몸을 담근다
언제나 찬란한 구원의 빛이었던 너희 삼형제
늙은 애비 보러올 날 손꼽아 기다리며
이곳을 종생終生의 터로 삼고 조용히 하늘을 쳐다본다
그리고 바람과 새와 구름이 듣는 기도를 올린다

문형렬 시인은 아주 오래전 전생에 경주 분황사의 불목하니였을 것이라고 말합니다. 경주를 아주 사랑하는 사람입니다. 그는 별일 없어도 경주에 와서 우두커니 앉았다가 돌아가곤 합니다. 이번 여름 제게도 몇 번 찾아왔습니다. 우연히 누가 올린 그의 시 〈패랭이꽃 1985〉를 읽었습니다. 이에 화답하였습니다.

배롱나무꽃

올해도 배롱나무 꽃 피웠으니
장마와 태풍과 폭염을 머리에 이고 가리
삶이란 잠시의 기쁨과 긴 슬픔
번갈아가며 나타나는 것이니
묵묵히 고통을 받아들이며
여름을 견뎌내다 보면
아름다운 꽃잎 다 떨어져도
가을이 짓는 그윽한 미소
그대의 얼룩진 눈물 닦아주리

얼마 전 잠깐 비가 내리더니 가문 날이 길어집니다. 사질토양 위에 심긴 작물들은 벌써 타들어 갑니다. 더욱이 당분간 비 소식이 없으니 더 걱정입니다.

어제부터 물주기에 나섰습니다. 스프링클러 시설을 미리 해놓지 않은 밭이라 호스로 물을 주어야 합니다. 간이 스프링클러를 놓고 하니 그것이 뿌려줄 수 있는 범위의 밭에는 손이 절약됩니다. 언제까지가 될지 모르나 거의 매일 이곳저곳에 물대기를 해나가야만 합니다. 온몸에 흙이 묻고 물에 젖습니다.

집을 지을 때 다행히 깊숙이 암반을 뚫고 관을 내려 지하수를 끌어올렸습니다. 옆집 아저씨는 어제 집 옆 작은 밭에 뿌린 물로 벌써 수도료가 12만 원 나왔다고 하니 수돗물로 농사를 짓는 것은 어불성설입니다. 저희집은 지하수로 연못에 대고 또 농사에 이용할 수 있으니 그 점에서는 대박인 셈이지요.

이런저런 우여곡절을 거치며 여름은 지나갑니다. 경주 고분군 옆에 마련해 둔 커다란 연밭에 연잎들이 벌써 많이 올라왔습니다. 곧 꽃대궁이 오르고 꽃이 필 것입니다. 집에 와서 보니 배롱나무꽃이 몇 송이 벌써 피었군요. 여름의 꽃은 뭐니 뭐니해도 연꽃과 배롱나무꽃입니다. 배롱나무꽃이 질 무렵 여름은 긴 발을 빼냅니다.

월경 越境

바람이 한여름 더위
그늘로 데리고 가듯
강물이 절벽 옆 깊은 곳에
푸르게 가라앉듯
남은 시간이 가슴 속 응고된
회한의 덩어리 삭여
마른 하품으로 증발시키면
이 하늘 저 하늘
인연의 중력에도 매이지 않고
깃털처럼 가벼이 떠도는 몸
아무렇지 않게
정말 아무렇지도 않게
가뿐히 경계선 넘어가리

일어나 바깥을 보니 휴일의 고요한 아침 풍경이 펼쳐졌습니다. 해가 밝게 비추고 적막한 가운데 새소리, 매미소리만 길게 뻗어나 갑니다. 만물의 위에 평화의 기운이 내려앉았습니다.

그동안 밭을 돌보느라 소홀했던 마당을 손보았습니다. 아내와 함께 풀을 치고 덩굴을 걷어내고 쓸데없이 들어선 나무들을 잘라 내고 하였습니다. 땀은 비 오듯 쏟아지고 숨은 헐떡거립니다. 일을 마치고 들어와 질척거리며 들어붙는 내의를 겨우 벗어내고 샤워를 하였습니다. 연후에 냉장고에서 검붉은 복분자즙을 꺼내어 한 잔 마시니 "여기가 바로 천국이구나!"였습니다. 요즘의 제 일상입니다.

그런데 뱀알이 마당 여기저기에 널려있었습니다. 매년 겪는 일이지만, 항상 이상하다는 느낌을 갖습니다. 제 눈에 띄는 것이 이 정도인데, 도대체 뱀들은 얼마나 많은 알들을 낳아 놓았을까요? 그리고 뱀알의 숫자로 보아서는 필시 숱한 뱀이 이 집이나 밭에 우글거려 '뱀지옥'이 되어버렸을 것인데 왜 저와 마주치는 일조차 거의 없을까요?

결국 해답은 이겁니다. 뱀도 사람과 만나게 되는 것을 꺼린다는 것입니다. 인기척이 나면 뱀은 저 스스로 몸을 피합니다. 그래서 밭일을 하거나 수풀 속으로 들어갈 때 적당히 소리를 내주면 뱀은 알아서 다른 곳으로 가버리는 것입니다. 그러므로 뱀을 크게 두려워할 필요가 없습니다. 처음에는 긴 장화를 신고서야 일을 하러 나갔으나, 지금은 슬리퍼 신은 채로 밭에 들어가기도 합니다. 단, 밑을 잘 살펴야겠지요. 여하튼 이렇게 해서 저나 아내는 뱀에 물리는 사고를 당한 일이 없습니다.

그러나 모든 뱀이 사람을 피하는 것이 아닙니다. 살무사 같은 독사는 사람이 다가가도 끄떡도 하지 않습니다. 오히려 고개를 바짝 쳐듭니다. 여차하면 물겠다는 삼엄한 자세를 취합니다. 피하는 것이 상책이지요. 사람 중에도 살무사와 비슷한 살벌한 풍모를 보이는 이가 있습니다. 가능하면 좋은 얼굴로 "허 허!"하고 헛웃음 웃으며 자리를 빠져나가는 것이 상책입니다.

아침 8시 정도만 되어도 한여름 뙤약볕이 인정사정없습니다. 차츰 모든 사물을 증발시킬 기세입니다. 산과 하늘의 경계가, 너와 나의 경계가 희미해집니다. 저 먼 하늘 아래 숨 쉬고 있을 어떤 사람을 그리워합니다.

양동마을

기도

장대비 쏟아지니
무수한 꽃봉오리 감당못해
늘어진 배롱나무 가지
맑아진 연못 안
빗방울 물고 장난치는 물고기들
내 가슴 안 검댕이
빗물에 쓸어내린 뒤
소중한 사람 사람
기도로 품으니
하느님과 나와 그들
하나로 연결되어
환한 전등불 켜진다

드디어 장맛비가 기세 좋게 내립니다. 천지가 빗소리로 덮이는군요. 자두가 탐스럽게 익어갑니다. 며칠 후면 따야 할 것 같습니다. 저희집 식탁에는 요즘 집에서 기른 각종 야채와 얼마 전 캔 감자, 산딸기, 복분자를 주재료로 하여 만든 것을 올립니다. 아내가 오늘 아침 말하더군요. "이렇게 제철에 난 것들을 바로 먹는 게 얼마나 좋아요!" 그렇습니다. 방금 딴 것은 맛이 조금 다릅니다. 과일이건 야채건 마찬가지입니다. 자화자찬이라서 송구스러우나, 거기에다 저희집 소출이 다 맛이 더 납니다. 아이들이 "우리 집에서 난 것들은 왜 모두 이렇게 맛이 좋아요!"하는 말을 들을 때 왠지 황홀해진답니다.

사라짐의 의미

한 포기 풀처럼 살았고
시든 풀 누렇게 되어
땅속에 녹아내리듯
어느 날 나는 무無가 된다
한세상 산 기쁨
오롯이 가슴에 넣고 가만히 뒤돌아볼 때
쌓은 인연 모두 내려놓아야 하는 것
단장斷腸의 아픔이어라
적요寂寥의 순간 몇 번 깜박거리고
관계의 회로 일시에 끊어진다
남은 흔적
이내 바람 불어 사라지고
이곳의 내가 아닌
저곳의 내가 된다

장마철이라 비가 많이 내립니다. 장마가 끝나면 불볕더위가 시작됩니다. 이 무렵의 제일 큰 별미는 옥수수가 아닐까 합니다. 7월 초중순이 되어 옥수수 열매에 달린 수염이 조금 시들해지면 따도 됩니다.

중남미 잉카제국 같은 곳에서는 '옥수수의 신'이 따로 있었다고 하지요. 삶은 옥수수 알갱이를 씹으면 그 맛에 묘한 중독성조차 느낄 정도로 맛이 납니다. 옥수수를 다 따고 놔두면 이내 옥수숫대가 누렇게 변합니다. 낫으로 쳐내고 그 자리에 김장용 배추와 무를 심습니다.

옥수수가 무럭무럭 자라고 위에 투구를 달고 열매를 익혀갈 때는 뿌듯하던 마음이 이 무렵이 되면 무척 허전해집니다. 여름은 그렇게 끝납니다.

어떤 깨달음

오늘에 지치고 때가 낀 내일
온통 누런 색깔 세상에 퍼부을 때
어지럼 가라앉히려 길을 나서지요
긴 길 돌고 도니 해거름 되어
팔은 무겁고 다리는 바들바들 떨려
산기슭 너럭바위 위 잠시 쉬지요
어둠이 몰려오고 새소리 가라앉으니
홀로 선 외로움 아득한데
끝나도 끝난 게 아니고 이어지는 길
하늘 보며 걷고 또 걷는 사이
하늘 따라 점점 올라가
태고의 정적 속에서
그윽이 밑을 내려다보지요

장마가 끝나고 퍼붓는 여름 햇살 밑에서 벼는 착실하게 큽니다. 그러다 얼마 있지 않아 이삭이 팹니다. 열심히 최선을 다하여 결실을 맺고 다시 생명을 순환시키는 것은 만물 하나하나가 온몸을 다하여 지키는 법칙이겠습니다.

고추밭 김매기를 하는데 헉헉 숨이 심하게 차오르면 잠시 쉬었다가 다시 합니다. 가끔 의식이 아득해지기도 하여 이러다가 일사병에 걸리지 않을까 걱정되기도 합니다. 모기 때문에 아래위로 긴 옷을 입어야 하니 더 덥고, 땀은 온몸에서 비처럼 줄줄 흘러내립니다. 제초제를 쓰지 않아 김매기는 반복해서 해야 하는 큰 일이 됩니다.

샤워를 하고 신문을 펼치니 '극한 기후'라고 합니다. 채솟값이 폭등했다는 기사도 있습니다. "허, 우리집에 지금 널린 게 깻잎인데 이거 누가 좀 따가면 좋으련만."하는 생각이 듭니다. 들깨를 따로 심지 않는데도 저희 밭에서는 많이 자랍니다. 야생 들깨인 셈입니다. 그리고 좀 덥기로서니 너무 호들갑을 떠는 것이 아닐까, 자꾸 언론에서 이를 과장하는 듯하고 사람들 마음을 불편한 쪽으로 치우치게 하는 것이 아닐까 하는 생각도 듭니다. 농사를 짓다보면 삼라만상의 현상을 가로지르는 어떤 부드럽고 섬세한 손길 같은 것을 느낄 때가 많습니다.

성모 마리아의 대답

산들바람에 풀잎 가지
하늘거리던 날
성모 마리아께 여쭈었다
우리가 겪는 수많은 고통
이유를 모를 때, 하느님은 어디 계신가요

네가 아는 세상
아주 작은 부분일 뿐이지
너와 내가 마주 섰을 때
나는 너의 고통을 버려두지 않았다
혼돈과 흑암의 밑바닥에 이른 너, 소리칠 때
나는 기꺼이 너에게로 갔다
의심하지 말라, 걱정하지 마라
그리고 믿음이 너를 완전하게 하라
풀잎이 환하게 빛을 내었다

저는 몇 년 전 엄청난 고통의 와중에 말려 들어갔습니다. 깜깜한 어둠에 갇혔습니다. 제가 '세상의 똥구멍'을 본 것은 그때입니다. 그들은 수치를 잊고 냄새나는 그것을 제 얼굴 앞에서 마구 흔들어 대며 저를 마음껏 조롱했습니다.

2004년도에 미국에 가서 그곳 한인성당에서 세례를 받았습니다. 하지만 맨송맨송했습니다. 소위 '나이롱 신자'였습니다. 그런데 처절한 방어를 하며 너무나 지쳐, 아 이렇게 해서 사람들이 자살을 하는구나 하는 생각이 들 정도였습니다. 가만히 앉아 있다 쿵 하는 소리와 함께 졸도하여 한참 있다 아내의 흐느끼는 소리를 들으며 깨어나기도 했습니다. 이렇게 삶과 죽음의 경계에 이르게 되자 달라졌습니다. 한없이 낮아진 저는 무작정 신앙에 매달렸습니다. 이것이 계기가 되어 저는 노년에 신심을 조금은 깊게 할 수 있었습니다. 고난이 축복으로 바뀐 셈입니다.

매미의 꿈

여름의 갖가지 구름 밑
풍경이 익어가는데
나무 그늘에 한 마리 매미
캄캄한 어둠 속 긴 세월
오직 우화羽化의 영광 꿈꾸었으니
태양 아래 새로운 것 하나 없고
세상 만물 어느 것 의지할 수 없건만
홀로 울고 날아다니는
위대한 자유의 전사
열흘밖에 허여되지 않았고
바스러지는 현실 보잘 것 없으나
이 허무의 바다 넘어가면
가장 작은 것이
가장 큰 것으로 될 수 있다는 꿈
은빛 날개에 잔뜩 싣고 다니며
나무 그늘에 앉아
기쁘게 하나씩 꺼내먹는다

한국에서 매미는 참 친숙한 존재입니다. 6월 하순쯤 처음 나타나 여름의 한중간을 매미는 시원하게 날아갑니다. 최근 붉은빛이 도는 중국의 '꽃매미'가 기승을 부리기도 하는데, 색깔 자체가 좀 혐오감을 불러일으키지요. 미국에서도 매미의 개체수가 몇 년을 주기로 하여 특별히 많이 증가하는 해에는 사람들이 싫어하더군요. 그에 비해 한국의 매미는 우리의 자연스런 일부가 된 느낌을 줍니다. 다만 과거에는 "맴 맴 맴 매애—!"하고 울던 참매미가 많았으나, 이제는 시골에서도 이 소리가 드물고 대부분은 쓰르라미 소리가 들립니다.

딸 아이의 면접

나이 마흔 넷에 얻은
애처롭기만 한 막내딸
항공사 승무원 다른 채용절차 모두 통과하고
마지막 남은 임원면접, 새벽 네시에 일어나
메이크업 받으러 떠날 때
잘 다녀오너라
말은 쉽게 하지만 아비의 속은 타들어갔다
아이에게 아직 한 번도 찾아오지 않은 성공의 기회
아이는 점점 메말라갔으니
아낀 용돈으로 산 면접복 입고 아이는
알 수 없는 여름의 깊은 속
혼자서 쓸쓸히 걸어갔다

애타게 기다리다 연결된 전화에서
아이의 풀죽은 대답
안 될 것 같아요
사장님이 면접하며 저한테 시선 한 번 주지 않았어요
얼굴을 푹 숙인 채 몇 마디 건성으로 물어보더군요.
아, 가진 자는 언제나 오만하다
새파란 나무 싹을 거친 발로 문질러버린다
자신은 언제나 그렇게 해도 되는 듯이
저들의 견고한 성채는 너무나 늠름하고
힘없는 백성의 고통과 슬픔
기꺼이 품어줄 미륵불
어느 때 우리 곁에 오려나

자식을 키우며 여러 애환을 갖습니다. 저는 세 아이를 시골과 도회지를 오가며 키웠습니다. 세 아이 모두 경주의 한적한 곳에 위치한 기와지붕이 덮힌 '신라초등학교'를 다녔습니다. 크게 성공한 아이는 없으나 제 역할을 그럭저럭하며 살고 있습니다. 둘째와 셋째는 특히 공감능력이 탁월하여 아비인 제 눈으로 보아도 대견하고 또 앞으로 큰 풍파 없이 살겠구나 하고 안심합니다.

그런데 셋째 아이가 항공승무원이 되겠다는 꿈을 가지고 면접시험장에 갔습니다. 더욱이 새벽 컴컴할 때 일어나 온갖 준비를 다 하였습니다. 그러나 막상 면접장에 가니 면접관은 아이의 얼굴 한 번 쳐다보지 않은 채 밑으로 시선을 고정한 채 몇 마디 건성으로 물어볼 따름이었다고 합니다. 그럴 때 실망하는 아이의 모습을 보며 부모의 가슴은 비참하게 녹아내리지요.

나팔꽃

세상에 뜻을 잃고
쳐다보는 풍경이 서러운데
아침 신선한 공기 쐬며
무심코 바라보는 자두나무 너머
구석구석 핀 연빨강, 자주색 나팔꽃
고요히 가슴에 안긴다
아무 것도 아닌 일로 상처받고
또 지극히 작은 것에 위로를 받으니
오늘은 언제나 푸르고 아름답다

좀 싱거운 태풍이었습니다. 시골살이에는 여름이면 태풍 몇 개는 각오해야 합니다. 그중에는 무서운 태풍도 간혹 있으나 대충 큰 문제 없이 지나갑니다. 일본의 큐슈九州가 많이 막아주기 때문입니다. 이번 태풍도 그랬습니다. 하지만 태풍은 역시 태풍입니다. 고춧대가 거의 무너지고 집 마당이 부러진 나뭇가지들로 많이 어질러졌습니다.

오늘 새벽에 일어나 작업을 시작했습니다. 아내가 서울에 가고 없어 과연 저 혼자 이 일들을 다 할 수 있을까 하는 생각이 들었으나 의외로 순조롭게 진행되었습니다. 돌아가신 어머니가 "사람 손이 제일 무섭지!" 하신 말씀이 생각납니다. 마음먹고 이것저것 치우고 하면 금세 일의 결과가 나타나기 시작하고, 조금 더 일하니 전반적인 수습의 모양이 잡혔습니다.

노동으로 땀을 흘리는 것은 참으로 고귀한 일입니다. 운동과는 조금 다릅니다. 노동은 반드시 외형적 결과를 산출합니다. 그리고 그것은 언제나 우리에게 유익을 끼칩니다. 찬물에 샤워하니 살아가는 맛이 조금은 느껴집니다. 제가 이 나이 되어서도 비교적 건강한 것은 바로 노동이 주는 육체적, 정신적 효과의 덕분이 아닐까 합니다.

골목에 나가니 여름의 꽃 모닝 글로리morning glory 나팔꽃이 한창입니다. 초가을까지 피기를 멈추지 않습니다.

저희집에는 나팔꽃이 무척 많은데 첫아이가 아마 초등학교 3학년 때 나팔꽃 씨를 얻어와 심었던 것이 해를 거듭하며 번창해 갔습니다. 아이들이 다 떠나 내외가 단출하게 살며 항상 아이들이 이곳을 찾아주기를 얼마나 기다리는지 모릅니다. 특히 나팔꽃 필 때가 되면 첫아이 생각이 많이 납니다.

바위가 되어

세차게 부는 바람 서있기 힘겹고
일상의 의미 어지러이 흩날릴 때
여기저기 빈 곳 만들어
소망도 미움도 모두 그 안에 던져넣자
차라리 모든 껍데기 벗어버리고
강에 선 외로운 바위 되자
흐르는 물 저절로 가게 놔두고
태연히, 무심하게 가라앉고 싶다
부질없는 집착 모두 흘려버린 뒤
주위에 남은 당연한 것들이
실은 얼마나 귀중한 축복인지 깨달으며
그것들이 엮어내는 찬란한 오늘
밤하늘의 새별 하나둘 세듯 바라보아야지

세상과의 물리적 연결을 대부분 차단하고 시골살이에 점점 더 발을 디뎌 나가면 그 나름의 세계가 하나 나타납니다. 과거에 겪은 서러움도 원망도 차츰 잊고 새로운 세계의 삶에 젖어갑니다. 흔들리지 않는 자신을 발견하며 '포기의 미학'을 기꺼이 받아들입니다.

사상의 내전內戰

사람들 둘로 나뉘어
마음의 빗장 단단히 건 채
상대를 죽이려 돌을 던진다
사상의 내전이 소용돌이치는
이곳은 불모의 땅
곳곳에 널브러진 파괴의 잔해
참상의 모퉁이에 외로이 핀
믿음과 희망의 꽃
거룩한 평화의 샘물
솟아나 이 땅 적시는 날
오직 그날 그리며
조용히 가슴에 꽃을 넣는다

홀로 시골에 묻혀 산다고 해도 사회로부터 완전히 떠날 수는 없습니다. 우리는 언제 어디서건 이 사회의 한 구성원이니까요. 저는 헨리 데이비드 소로Henry David Thoreau가 쓴《월든Walden》을 읽다가 그만둔 일이 있습니다. 청년 시기의 과도한 감수성과 애상, 그리고 관념성을 받아들이기에는 제 나이가 너무 든 탓이지요. 그리고 그 책이 직관에 의한 자연의 본모습을 그리기에는 그가 체류한 2년의 시간이 너무 짧았다고 봅니다. 자연은 서서히 자기 얼굴을 드러내니까요.

그런데 기본적으로 저는 헌법학자입니다. 우리 사회가 우리가 가진 헌법에 맞게 아름다운 사회로 발전해 나가는데 큰 관심을 가질 수밖에 없는 사람입니다. 자연으로 들어가 자신의 몸을 숨기려던 데이비드 소로의 입장과는 큰 차이가 있지요. 시골에 살면서 학회의 참석이나 왕성한 사회활동은 모두 접었어도, 사회의 되어가는 형편을 항상 걱정하며 지냅니다.

한바탕 꿈일레라

주어진 것 마냥 고마워하는 나이가 되니
하나가 없어도 다른 하나가 있고
지나온 날 찬찬히 살필 수 있더라
많은 것 얻고 많은 것 잃었지
고요한 바닷가 반짝이는 조개껍질들 만지듯
종말의 폭풍 한가운데 휩싸이듯
사랑의 열락에 들뜨기도 했다
모든 기쁨과 화려함에도 불구하고
내가 남에게 안겨준 실망과 상처
나에게 칼로 돌아와 더 깊은 상처 남기고
괴로움의 한숨, 헛소리는 입에서 가시지 않으니
나는 언제쯤 나를 용서할 수 있을까

점점 인식의 공간은 좁아져 오고
생의 마지막 재촉하는 듯하여
잡은 끈 조금씩 놓으니
나는 아득히 저 앞으로 나아간다
현실에 남은 나
또 다른 나를 열심히 쫓아가는데
문득 잠깐 멈추고 돌아보니
이 모든 것 한바탕 꿈일레라

경주 남산에 무지개가 곱게 걸렸습니다. 고 청곡靑谷 안형관 교수님의 말씀에 좇아, 남산 기슭이라고 할 수 있는 곳에 30년 전 집을 지었습니다. 경주 남산은 신라 천년의 가장 큰 상징이자 전국의 산 중 영적 기운이 아주 강한 곳으로 알려져 있습니다.

안 교수님은 서양철학을 전공하였으나 실은 주역의 대가입니다. 그리고 영적 투시력이 대단한 분이었습니다. 분황사에서 방학을 보내기로 하고 오셨다가 심한 우울증으로 집을 나와 그곳 요사채에서 기식하던 저를 처음 보시고 생과 사의 갈림길에 있는 사람임을 바로 보셨지요. 가톨릭 신자이면서도 매일 새벽에 법당에 나가 저의 갱생을 위하여 간절히 기도를 하셨습니다. 저는 그분의 지극한 정성에 힘입어 조금씩 조금씩 죽음의 경계에서 돌아올 수 있었습니다.

집을 지을 때 제 나이가 아직 30대였지요. 매일 컴컴한 새벽 혼자서 남산을 뛰어서 올라갔습니다. 금오봉 정상에서 맨손체조를 한 뒤 내려왔습니다. 까마득한 옛날의 일입니다.

찬물 한 컵

고추밭 김매기 하는데
매미가 울음을 멈추고 내려다본다
개구리, 나비, 메뚜기, 사마귀, 거미, 뱀도
모두 눈을 둥그레 뜨고
침입자의 행동에 숨을 죽인다
아, 지나가던 박새도 달맞이꽃 가지에 앉는군
성원에 고마워하며 몰입하는 노동
줄줄 흘러내리는 땀
노동은 신성한 제국의 빛나는 성城
땀은 그 거룩한 치장

심한 갈증 꾹꾹 누르고
샤워까지 한 뒤 드디어
온 우주가 담긴 찬물 한 컵
벌컥벌컥 마시니
땅 위 홀로 선 기쁨
아득한 지평선 위 출렁인다

여름에 밭일을 하면 더위에 힘이 들기도 하지만 줄줄 흘러내리는 땀을 감당하기 힘듭니다. 이 팔뚝 저 팔뚝으로 닦아도 모자랍니다. 그리고 한참 일을 하면 숨이 차오릅니다. 잠깐 쉬었다가 다시 합니다. 그러기를 서너 번 하고 나면 다리에 힘이 풀립니다. 미련 없이 그만둡니다. 내일 하면 되니까요. 집에 들어와 샤워하고 마시는 한 컵의 물, 과연 기막힙니다.

일상日常의 빛

신새벽 자리에서 일어나
선풍기로 텁텁한 공기 내쫓는다
아껴가며 읽는 소설
'어느 이등병의 편지' 그대로 놓여있고
사위가 고요하여 곧 기도에 들어간다
아무 일 없이 모든 것
든든히 제자리 지킨다
이제 들판의 외로운 한 그루 나무 되어
헛헛한 구석구석 살펴보는데
환하게 둘러서서 위로하는
일상의 빛, 벅찬 고마움으로
왈칵 끌어안는다

요 몇 해 사이 제가 사는 곳에는 석류가 무척 좋습니다. 꽃도 많이 오고 그래서 열매도 풍성하게 달렸습니다. 왜 그랬는지는 잘 알 수 없으나, 옛날에는 집집이 석류나무를 꼭 심었어요. 석류는 추석이 좀 지나면 따먹을 수 있습니다. 석류가 익어가는 것을 보니 아, 곧 가을이 오나 보지요.

저는 마음에 드는 책은 일부러 아껴가며 읽습니다. 매일 조금씩만 읽습니다. 그 황홀한 감정을 늦게까지 끌고 가려고 하는 것입니다. 최근에 문형렬 작가가 쓴《어느 이등병의 편지》라는 자전적 소설을 보니 눈이 확 뜨이는 것 같았습니다. 끝을 알 수 없는 청춘의 애상哀傷이 눈물겨웠습니다. 무엇보다 이 소설은 작가가 군생활을 같이하며 어이없이 사라져간 이름 없는 청춘들을 위해 쓴 가슴을 후벼파는 진혼곡 같았습니다. 하염없는 슬픔이 파도처럼 내내 일렁거렸습니다.

썬크림

썬크림 바르지 않겠다고
말리는 내 손 뿌리치며
억지로 얼굴 문지르는 아내
어느 날
내 숨 빠져나간 뒤
아내가 쓰다듬을 내 얼굴
그 위에 떨어질 눈물방울

저는 평생 얼굴이나 손에 무엇을 바르지 않습니다. 그 끈적거림을 못 견뎌 하는 것이지요. 농사일은 대부분 뙤약볕을 쬐며 합니다. 자외선을 가급적 차단하는 모자에다 얼굴과 목을 감싸는 장비가 있습니다. 하지만 저는 이것도 써보니 도저히 맞지 않습니다. 맨몸으로 그냥 밭에 들어갑니다. 아내는 몇 번이나 썬크림을 사놓고 저에게 발라주려 합니다. 로션을 안 바르는데 냄새도 좋지 않은 썬크림을 어찌 바르겠습니까? 실랑이를 벌일 때가 많았으나 이제 아내는 포기했습니다.

논일 소묘素描

아래 위 논 사이
고랑 따라 물이 잴잴 흐른다
돌에 부딪혀 일어나는 맑은 거품들
들쥐가 한 마리 흘낏 돌아보는데
그 눈에 한껏 담긴 평화
잠자리도 나비도
구부린 어깻죽지에
올라갔다 내려갔다 시소를 탄다

어떤 낯섬이나 두려움도 없는 이곳
무심無心은 벼 사이 길게 드러누워
한숨 잔다

바람이 길게 스친다
억겁의 인연을 환기하며
그렇다, 이것이 마지막이라 한들
다신 마주치지 못하는 것이라 한들
그냥 몸을 뚫고 지나간다

쪽빛 하늘 광막한 고요가 받치고
농부의 풀어헤친 가슴
떨어지는 하늘물 가두어두니
온몸이 쪽빛으로 물든다
하늘과 나의 경계가 없어지며
하늘은 나, 나는 하늘
한 점 의심 없이 당당한 외침
나는 바로 우주다

오래전에는 논농사도 지었습니다. 밭농사는 대단히 노동집약적이라 힘이 드나 논농사는 퍽 재미가 있습니다. 모내기철이 되면 먼저 겨우내 두더지나 들쥐가 파놓은 구멍을 메우는 논만들기 작업을 한 뒤 모내기를 합니다. 모내기를 힘들여 한 뒤에는 논에 물을 봐주고 추수기가 가까워져 오면 피 같은 것을 뽑아주면 됩니다. 논에서 작업할 때 물이 졸졸 흐르는 풍경이 아름답고, 잠자리나 나비는 사람을 두려워하지 않습니다. 어깻죽지 같은 곳에 아무렇지 않게 날아앉습니다. 심지어 들쥐도 할끗힐끗 쳐다보며 도망가지 않습니다. 자연과 내가 일체가 되는 귀중한 경험을 쉽게 할 수 있습니다.

경주읍성

지금까지 살아 좋은 이유

젊음이 좋다 하나
늙음도 그에 못지않게 좋다
서산으로 해 넘어갈 때
햇살이 제일 곱고
가지런하게 정리된 노후는
편한 산처럼 누웠다
지나간 과오들로 꽁꽁 묶인 몸
허물을 벗으며 천천히 빠져나오고
지혜와 솔직한 긍정의 힘
남몰래 주위를 쓰다듬는다
사는 게 홀가분해져 훌쩍 뛰어오르니
바람과 별과 구름 익숙한 친구 되고
긴 휘파람 소리 천지에 가득하다

여름이 익어가면 밭일은 줄어듭니다. 감자니 옥수수니 다 거두어들이고 살구나 자두와 같은 여름 과일을 수확하고 나면 일손이 조금 남습니다. 시골에 살며 독서와 명상은 늘 따라붙는 일이지만 여름이 되면 더 시간이 많습니다. 의식의 청정함을 유지할 계기가 쉽게 주어지는 것은 번잡한 도회생활을 벗어나 사는 가장 큰 장점입니다. 조용히 지나간 시간을 반추하고 다가오는 마지막을 준비합니다. 죽음의 공허에 완전히 당당하게 맞서기는 어려운 일이나 어느 정도 여유는 차츰 가질 수 있게 되는 것 같습니다. 몸이 한결 가벼워짐을 느낍니다.

아가야

아가야

너는 길 가 낙엽 하나

차가운 빗물에 들어가 구겨지는 것을 슬퍼하는 사람이 되어라

찬 바람에 잎을 다 잃고 헐벗은 나무

가슴에 품고 따뜻하게 해주는 사람이 되어라

아가야

너는 봄 햇살에 반짝이는 아지랑이 보며

사랑하는 이와 함께 보고 싶다는 사람이 되어라

소나기 뒤 산에 걸린 무지개로

아름다운 옷 만들어 그리운 이에게 보내는 사람이 되어라

가장 낮은 곳으로 내려가야

금은보화보다 귀한 것을 잡을 수 있고

인정의 나눔 속에

기쁨의 울타리 항상 두를 수 있으니

아가야

부디 한 그루 큰 나무 되어 대지 위 우뚝 서거라

여름이 저물어가며 '꽃범의 꼬리' 꽃이 마당에 한가득 내려왔습니다. 이렇게 예쁜 꽃도 한 번 자리 잡으면 별 손이 가지 않아도 매년 풍성하게 피어납니다. 씨가 떨어져 다음 해 저절로 자라나는 것이지요. 봄에서 가을까지 풍성한 화단을 가질 수 있다는 점이 땅집에서 사는 가장 큰 매력이 아닐까요? 그런데 예쁜 꽃을 보면 새삼스레 순진무구한 아가를 떠올리게 되지요.

3부

·

가을

아침 풍경

바람처럼 갈라진 마음 안에
허무의 그림자 어른거리면
풀길 이리저리 쏘다닌다
찌릉, 찌릉 노래하는 박새 옆
막 피어난 채 기다리는 나팔꽃
저절로 인사하고 싶어
웃음 한가득 얼굴로 바라본다

가을이 성큼 다가오고, 시골의 평온한 풍경이 이어집니다. 추석을 준비하려 이것저것 합니다. 오늘은 마당을 깨끗하게 정리하였습니다. 개들이 여름 더위를 피하려고 파놓은 구덩이를 모두 메꾸어 가지런히 하고, 자란 풀들을 없애어 말끔하게 하였습니다. 이제 내려올 아이들을 목을 빼고 기다립니다.

옛날에 어머니는 이맘때면 대구 서문시장이나 양키시장에 가서 아이들 '추석빔'을 마련하였습니다. 장에서 어머니가 오시면 형제들은 "와!" 소리를 지르며 보따리 주위에 둘러 모였습니다. 그런데 요즘 들어 생각해 보면, 어머니는 과연 무슨 돈을 만들어 그렇게 할 수 있었던 것인지 의아합니다. 돈을 마련할 방도가 어머니한테는 달리 없었습니다. 오랜 기간 아무런 소득원이 없었던 아버지도 그렇습니다. 제가 판사를 할 때조차 가끔씩 큰돈을 마련하여 보내었습니다. 그때는 당연하게 생각하였으나, 지금 와서 보면 모골이 송연한 일입니다. 두 분은 오직 극도의 내핍생활을 하시며 모은 천금, 만금보다 귀한 돈을 자식들을 위하여 아낌없이 쓰신 것입니다. 이 단순한 사실을 이 나이가 되어서야 비로소 깨달았으니 저는 얼마나 아둔하고 불효한 자식인지요!

그냥

그냥 고추잠자리
살포시 앉은 기와담장 보아요

그냥 햇살을 받고 웃는
들꽃 한 포기 바라보아요

가느다란 바람줄에 실려오는
가을 냄새가 느껴지나요

풀섶에 숨은 고요
그냥 그대로 놔두어요

시골의 어떤 풍경이 유난히 우리 마음을 편안하게 할까요? 이맘때면 고추잠자리가 날아다닙니다. 이끼 묻은 기왓장이 숨어서 미소를 짓습니다. 햇볕은 순해지고 바람은 점점 더 부드러워집니다. 풀잎은 듬성듬성해지고 그 사이로 조금씩 누런색을 더해가는 호박덩이들이 잠을 잡니다.

사계절

여름이 떠나려 할 때 나는 퉁명스레 물었다
너는 어디에서 왔고 어디로 갈 거니

가을이 솔솔 깊어갈 때 슬며시 물었다
너의 성숙은 여름과 어떤 관계니

늦가을 짧아지던 태양이 이윽고 대륙의 찬바람과 함께
겨울을 몰고 왔을 때
네가 오면 왜 세상이 적막 속으로 들어가야 하니
하고 볼멘소리를 했다

겨울의 억척스런 손을 뿌리치고 스며든 봄, 어느 날
황홀한 빛에 내 늙은 이마의 주름살 스르르 펴지자
어떤 말 할 수도 없이 오직 꿇어앉아
그의 그윽하고 깊은 눈매를 쳐다보았다

시골살이를 하면 기후의 변화에 아주 민감해집니다. 매일의 날씨에 신경을 쓰지 않을 수 없습니다. 그래서 일기예보를 반드시 봅니다.

우리나라는 사계절의 변화가 뚜렷하지요. 어떤 동영상을 보니 한민족이 세계사상 처음으로 저개발국에서 선진국으로 진입한 이유로 무더운 여름과 혹독한 추위의 겨울이 한몫했을 것이라고 하더군요. 참을성과 도전정신이 그런 기후 속에서 배양되었지 않았을까 하는 추측이었습니다. 저는 세계의 여러 곳에서 살아보고 여러 곳으로 가보았으나 한국만큼 자연이 아름다운, 말 그대로의 금수강산은 없지 않을까 하는 생각입니다.

인간의 숙명

갈망은 결핍에 비례해서 크는 것이 아니다
결핍이 메꾸어져 가도
갈망은 오히려 더 큰 괴물로 자라나니
그곳은 난공불락의 철옹성채를 이룬다
우리는 언제나 그 안에서 제자리 걸음을 하고
밑에서 올라오는 하수구의 썩은 냄새
그리고 생에 대한 절망의 한숨이 만드는
검붉은 구름 내려앉으니
아래 위에서 조여드는 무간지옥도
허무하고 슬픈 자화상 스스로 만들어 내어
그 안에 자신을 가두는 인간의 숙명
풀잎에 맺힌 한 방울 이슬 바르르 떤다

가을 하늘을 바라보며 박 형제가 사이좋게 함께 영글어갑니다. 이 평화로움이 언제나 이어지길 소망합니다.

얼마 전 누가 "그 나이가 되어서 어떻게 아직 얼굴에 잡티 하나 없습니까?"하고 물었습니다. "일년내내 로션 한 번 안 바르고 지내는 것이 비결일까요?"라고 하였으나, 내심에 가두어둔 다른 말이 있습니다. 시골에 살며 평화의 담장을 두르고 그 안에서 무욕의 생활을 하는 것이 만들어 내는 얼굴이겠지요. 누구든 저처럼 생활하면 이런 선물을 받지 않겠습니까.

가을, 그대

푸른 가을빛
한가로이 풀밭에서 노는데
밤송이 떨어지는 소리
어디선가 후둑 후둑
내 마음에 걸린 그대의 맑은 초상
밤알 밤송이에서 나오듯
그대 걸어 나와
환한 가을빛 받으며
늙은 내 얼굴에
애련愛憐의 미소 보내소서

여름이 지나고 나뭇잎 떨어지는 가을이 점점 더 자신의 존재를 각인시킵니다. 밤송이가 후둑 후둑 떨어지는 소리를 들으면 옆에 와있는 가을을 실감합니다. 그와 함께 우리는 무성했던 지난날을 돌이켜보지 않을 수 없지요. 아쉬움과 안타까움이 진하게 배어 나옵니다.

솔개

산을 내려와야
비로소 산이 보이고
이별의 아픔 겪고 나서
사랑이 얼마나 깊었는지 안다
지나간 사랑의 물결 되돌릴 수 없어도
사랑이 끝났다고 하여
그리워하지 않는 것은 아니어라
가을 허전한 들판
무심히 지나가는 바람에 실려 온
먼 곳 그대 향기 맡으려
오늘도 나는 솔개가 되어
외로이 바람 타고 푸른 하늘로 오른다

저는 거의 매일 경주 고분들 사이에 난 길을 산책합니다. 집에서 아주 가깝습니다. 생자生者와 망자亡者가 함께 하는 이 공간을 사랑합니다. 다섯 그루의 낙엽송이 모여 하나의 나무처럼 보이는 '오형제 나무'가 길의 중간에 있습니다. 저의 못난 과거가 이곳저곳에서 삐죽이 튀어나옵니다. 차츰 저는 그것들을 조용히 쓰다듬을 수 있게 되었습니다.

저 멀리에는 경주 남산이 언제나 우뚝합니다. 하늘에는 연들이 힘차게 창공을 차고 올라갑니다. 어린아이나 반려견을 데리고 와서 드넓은 이곳 풀밭에 마음껏 뛰어다니게 해보세요. 미국 뉴욕의 센트럴 파크보다 더 좋은 곳입니다.

혈연

너희들 뿌리 내리게 하려고
새집 지은 지 벌써 30년 지났으니
산골 모퉁이 돌다 얼핏 본
작은 들꽃처럼 반짝이는 너희들
가끔 바람 부는 날 찾아올 때
너희들 목소리에 얹히는 예전 어머니
날 부르던 소리에 목이 메인다
시간을 훌쩍 뛰어넘는 핏줄의 이어짐
푸르른 하늘 아래 맑은 맥 뛰는데
홀연 어머니 좋아하시던 감나무 늙은 그늘
우리 사이 슬며시 다가와 앉는다

가을걷이가 대충 끝나갑니다. 추석이라 내려온 막내딸과 함께 긴 대나무를 들고 밤털이에 나섰습니다. 대나무로 밤을 후려쳐 땅으로 떨어지게 한 다음 조심스레 발로 가시가 있는 껍질을 깝니다. 30년 전 집 지으며 막대기 같은 묘목을 심어둔 것이 이제 큰 나무로 컸습니다. 네 그루를 터는데 벌써 닷새나 걸렸군요. 저희집 밤은 밤알이 무척 굵고 맛도 좋습니다.

하나의 생生

신록의 잎사귀 연두색으로 반짝이면
천국의 복음이 속삭이고
열락의 평원이 끝없이 펼쳐진다
여름 한낮 모진 땡볕을 견디며
숨이 붙어있는 이치를 배우고
존재의 가치에 고개를 끄덕인다
이제 군데군데 아픈 흔적이 밴 나뭇잎
누렇게 변색하여 붉은 하늘 쳐다보니
해 지고 달 뜨는 움직임 마치 새털처럼 가볍고
바람결 일으키는 새들의 노래 아름답다
무한은 허무하나 만물은 오로지 그 안에 포섭될 뿐
순명의 위엄과 광채가 둘러싸니
이 모든 생애 은혜와 축복이었구나

추석 맞이하려 경주에 내려와준 아이들과 함께 아침을 밖에서 먹었습니다. 경주 해장국집 거리에서 식사를 한 다음 함께 고분군을 산책합니다. 고분군 사이의 공간에 꽃밭을 풍성하게 마련해 놓았더군요. 경주뿐만 아니라 세상에는 이처럼 참 아름다운 곳이 많습니다. 그리고 늙은 부모를 찾아준 아이들이 너무 고맙습니다. 더 이상 무엇을 바랄까 하는 생각이 왈칵 솟구칩니다.

사람 살만한 곳

생의 한가운데를 찢고 나가는 폭풍
힘없이 그 앞에 무릎 꿇고 빈다
오, 나의 모든 것 파괴시키지 말고
존재의 본질만이라도 남겨달라고
폭풍이 지나간 언덕 위
부수어진 세상 어렴풋이 모습 드러내고
빛은 뚜렷해지고 넓어지리니 그때,
우리 안 심층의 것 조금씩 위로 올라온다
더 풍부한 감성으로 사물을 해석하고
역경과 고통의 윤곽이 비로소 잡힌다
내 얼굴에서 나는 포용의 광채
스산한 거리 밝히며 데운다
사람 살만한 곳 그래서 여기저기 뿌리 박는다

우리에게 간단없이 닥치는 폭풍, 아이들을 위해 기도할 때 저는 그 앞에서 어찌할지 몰라 두려워하는 아이들을 떠올립니다. 이미 살 만큼 산 제가 아니라, 아이들 앞에 등장할 수많은 곤경과 실패, 좌절과 눈물의 고통이 마음을 아프게 합니다. 그러나 이는 인간인 이상 누구나 겪어야 하는 것이지요. 그것을 이기는 인내와 용기를 주십사 하고 기도를 합니다.

신의 말씀

꽃 필 때 힘겨워 한참 울고
꽃 지면 더 슬피 우는 것은
세월이 무상함을 슬퍼하기보다
꽃에 내린 신의 말씀을 듣고 싶어서지요
눈물로 꽃잎 적신 다음 들을 수 있어서지요
고요한 날갯짓하며 꽃에 앉아 속삭이는 나비
틀림없는 신의 전령이겠지요

언젠가 내 죽어
환한 빛 둘러싸인 신을 만나면
내가 꽃에다 눈물 흘리며 전해 들은 그 말씀
정말 맞는지 꼭 확인할 겁니다

시골에서 한적한 삶을 살아도 삶의 본질적 징표라고 할 수 있는 일상의 허무감, 관계의 단절에 관한 불안감, 소외의식 같은 것이 완전히 비켜 가지는 않습니다. 지금 주위의 많은 사람들이 이 문제로 고통을 받고 있습니다. 시골살이는 기본적으로 자연과 함께하는 것이기 때문에 많이 낫기는 하지요. 자연은 그 점에서 위대한 치유능력을 발휘하곤 합니다. 그런데 과연 우리는 우리 자신의 힘으로 현대사회가 던지는 어두운 그늘을 충분히 잘 극복해 나갈 수 있는 것일까요.

생生부처

떨어지는 벚꽃잎 하늘 가득 덮던 날
동경 쿠니다찌國立 역 내려 히토쯔바시一橋 대학 가던 길
어느 여인 하염없이 울고 있었다
슬픔이 차올라 눈물이 비 오듯 쏟아지고
흔들리는 어깻죽지, 붉은 눈시울 연신 하늘을 향하는데
울음소리 하나도 내지 못했다
고작 꺼억 꺼억하며
슬픔을 그저 밑으로 누를 뿐이었으니
그대의 지극한 슬픔 가만히 흔들리는 등불 되었고
그대의 눈물 거룩한 냇물로 흘렀도다
그대 경주 남산 푸른 옥돌 속 걸어 들어가
돌부처 되어 고요히 앉으면
중생의 가슴에 박힌 단단한 슬픔
모두 녹여낼 수 있으리

경주 남산 동북쪽에 '감실부처' 혹은 '할매부처'라고 불리는 조각이 있습니다. 한없이 자애로운 할머니의 모습을 하고 있다고 하여 '할매부처'라고 많이 부릅니다. 쓸쓸한 가을 무렵 여기에 들르면 왠지 따뜻한 기운이 주위를 감쌉니다. 신라의 조각을 통틀어 이 부처상이 가장 뛰어나다고 하는 이도 있더군요. 이런 부처를 접하며 호젓하고 정갈한 남산을 걸어보아야 비로소 경주를 가보았다고 할 수 있습니다.

광야의 푸른 나무

숲의 정령이 새벽안개로 축축이
네 몸 감싸고 인사하자 너는 벌떡 깨어났다
간밤 늑대의 거친 포효에 잠을 설치고
대륙의 후덥지근한 공기가 너무 무거웠다
푸른 잎사귀 비늘을 햇살에 반짝이며 일어나
길게 내쉬는 숨으로 구름을 뿜는다
가혹한 생의 조건을 이기고 살아오며 떨어뜨린
상처의 껍데기들 무심코 내려다본다
미지未知의 불가측이 벌리는 거대한 아가리 앞
언제건 힘없는 팔랑개비로 뒤집힐 수 있어도
단련된 무욕의 황금보검이 너에게 준 자유
그리고 그 자유가 뿌려둔 처처에 숨은 축복
너를 종신토록 편안케 하리니
긴 겨울 지나 다시 푸르게 살아날 꿈 꾸며
먼 지평선 넘어 찾아올 영원한 안식
불퇴不退의 시선으로 기다린다

아침에 일어나면 개들에게 밥을 준 뒤에 연못으로 바로 갑니다. 그곳에 서면 왠지 마음이 고요해집니다. 실잠자리가 떠돌고 소금쟁이가 재빠르게 오가는 이곳은 세상이 아무리 소란스러워도 너무나 평화롭습니다. 잡념이 빠른 시간에 사라지며 쉽게 무아지경으로 빠져들어 갈 수 있습니다. 연못이 만들어주는 고마운 사색의 세계에 자주 들어갑니다.

저희집 연못은 별달리 관리가 필요 없습니다. 한 번씩 지하수만 넣어주면 됩니다. 꽤 깊이가 있어 그 안에 모래와 자갈 같은 것을 많이 넣었고 또 부유물이 쌓여 연못을 중심으로 생태계가 하나 새로 생겼습니다. 제대로 된 연못은 물고기가 산란하여 부화하는 것이 되어야 합니다. 물고기가 스트레스를 과도하게 받으면 이것이 이루어지지 않습니다. 저희집 연못은 이것이 가능합니다. 새끼가 너무 많이 생겨 늦가을이나 초겨울에 경주의 수족관 가게에 연락하여 거저 물고기를 떠가게 합니다.

가을나비

나비 한 마리 풀풀 날아와
시월 연한 햇살 데워놓은
코스모스 꽃잎 위 앉는다
저세상 누구 말 전하려고 왔을까
물어보아도 답하지 않아
먼 하늘을 쳐다보나
역시 아무 기척이 없다
적막한 오후가 혹은 내가 따분한지
나비는 왔던 것처럼 떠나가고
가을 해는 여전히 얌전 떨며 모른 척한다

제가 제초제를 쓰지 않는 것은 이것이 농약 중에서도 끔찍한 농약이기 때문입니다. 제초제를 물에 섞을 때나 뿌리고 난 뒤 씻을 때 그 약 성분이 실수로 몸에 닿으면 바로 장기까지 파고들어가 녹여버린다고 합니다. 무시무시합니다. 베트남 전쟁 때 참상을 야기한 고엽제가 바로 이 제초제와 같은 부류입니다.

제초제나 농약을 쓰지 않는 덕분인지 저희집은 비교적 자연의 풍성한 모습이 보존됩니다. 개구리나 메뚜기도 많고, 나비나 잠자리도 많지요. 약간 섬뜩한 일이나, 봄이나 여름철 마당이나 밭에 뱀들이 여기저기 알을 많이 낳아 놓는데, 누군가 뱀은 이런 청정한 환경에 사는 동물이라고 하더군요.

진짜 사람

패자의 슬픔을 무시하는 사람은
천박한 껍데기다
패자가 흘리는 눈물에 고개 돌리는 사람은
처마 밑 누렇게 변한 고드름이다
사람으로 태어나 사람답게 살려거든
낮은 곳으로 기꺼이 내려갈 수 있어야 한다
거기에 모인 슬픔과 눈물의 웅덩이에
가만히 손 담그고 발 적시는 사람
그 사람이 진짜 사람이다

시골에 묻혀 살지만 우리 사회의 여러 현상을 바라봅니다. 마음에 드는 면도 있고 그렇지 않은 면도 있습니다.

그런데 누가 어떤 사람인가를 알기 위해서는 그가 과거에 어떤 경로로 인생을 살아왔는지를 보면 쉽습니다. 그가 국가의 고위공직자나 지도적 정치인이 되기 위해서는 지나간 날 우리 사회를 위하여 어느 정도 자신을 희생하거나 헌신한 자취를 가진 사람이어야 하지 않겠습니까? 평생 자신의 이득을 대의, 공의에 우선시키며 혼자 발 쭉 뻗고 살아왔을 뿐인 사람이 죽을 때까지 영화를 누리도록 고위공직을 맡아서야 되겠습니까? 그런 이는 '껍데기 사람'입니다. 그런 사람이 하는 국정운영은 국민 전체를 염두에 두는 공정한 것이 될 수 없으며, 따라서 신뢰하기가 무척 힘듭니다. 우리는 가을하늘처럼 맑은 마음을 가진 '진짜 사람'이 우리 사회의 앞에 나서기를 원합니다. 그래야 국민의 신뢰를 얻는 정부가 우리를 공정의 길로 이끌어가는 바람직한 사회가 되겠지요.

딸아이 결혼식에 부쳐

그리스 산토리니섬 에메랄드빛 에게해
반짝이는 수많은 조각 물결 옆
한 폭의 그림 같은 결혼식
그래도 사람은 사람이다
수많은 허물과 비밀의 창고
한 번씩 열어보곤
부끄럼에 치를 떠는 사람이다
너무 부끄러워하지 마라
아무리 아름다운 노래 부르는 새도
때때로 똥을 싸야 하고
한창 피어오르는 꽃 더미 속에도
흉한 자국들 숨어있다

부끄러워 말고 덮으려도 말고
너희들 찬란한 존재
세상 모든 것과도 바꿀 수 없었던
희망과 영감과 영광의 존재
불구不垢의 허위에 교만하지 않고
부정不淨의 자괴에 가라앉지 않는
참사람의 길, 너희들 앞에 놓인 길
자유와 평화의 에게해 가로질러
저 먼 영원을 향한다

이 가을에 첫 아이의 결혼식을 치렀습니다. 멀리 그리스의 산토리니에서 했기 때문에 저와 아내 그리고 막내만 참석할 수 있었습니다. 비행기를 세 번이나 타고 갔습니다. 누구에게도 알리지 않고 양가의 가족들만 모여 조촐하게 하였습니다. 피로연을 에게해에 배를 타고 나가 수영하는 것으로 했는데, 에게해의 그 투명한 에메랄드빛을 잊을 수가 없을 것 같군요. 결혼식에서 낭송한 자작의 축시입니다.

불교의 반야심경에서는 인간의 삶을 아주 깨끗한 것도 아니고 그렇다고 하여 더러운 것도 아닌 것不垢不淨으로 파악하고 있지요.

울릉도

왠지 권태가 이마를 동여맬 땐
먼 울릉도로 떠나보자
울렁울렁 배 타고 십 리를 지나 백 리도 넘어
내내 푸르른 파도와 이야기하며 가보자
거센 풍랑 일어 대엿새 꼼짝 못 한대도
지우개로 지운 여백에 들어가면 되지
울릉도에 들어가 여기저기 찾으면
이사부의 나무 사자 남아있을지 몰라
어린 해녀 숨 막히게 토해낸 젊음
여전히 똬리 틀고 있을지 몰라
어쩌면 운 좋게 그리운 사람의 향기
바람에 실려 올지도 몰라
아무 것도 포기하고 아무 가진 것 없이
울릉도 울창한 수풀 속 누워
평화의 꿈에 긴 잠들고 싶어라

그리스의 산토리니섬은 무척 아름답습니다. 그냥 아름다운 게 아니라 유럽의 일류 토목기술을 적용하여 섬 전체를 바꾸어놓은 덕분입니다. 그곳의 일몰sunset 광경은 세계 3대 sunset 중 하나라고 합니다. 저녁에는 양가 가족들이 일몰을 보며 저녁을 함께하는 것으로 결혼식을 모두 마쳤습니다.

산토리니섬과 우리의 울릉도는 면적이 73㎢로 똑같습니다. 울릉도가 산토리니섬처럼 세계적 관광명소가 되는 날을 기다립니다.

가을 소리

겨울이 한사코 잡아끄니
가을이 볼멘소리를 내는구나
모과는 데굴데굴 구르며 담벼락 기왓장을 치고
호두와 밤은 지붕 위에서 콩콩 소리를 내는데
지나가는 새가 입 한번 갖다 대도
참을 수 없다는 홍시는 풀썩 떨어져 버리는구나
가을의 시끄러운 여운에도
겨울은 가을 소매를 모질게 잡아당겨 빼내고
점점 하늘에 찬 기운을 불어넣으니
없이 사는 사람의 눈에 걱정이 흔들거리고
이마 주름살 하나 더 느는구나

만추가 되면 왠지 미리 쓸쓸해집니다. 곧 황량한 겨울이 닥쳐올 것을 짐작하니까 그렇습니다. 가을걷이가 다 끝나갑니다. 따다 남은 호두와 밤은 지붕 위에 콩콩 떨어지며 적막을 깹니다.

긍정의 힘

불면의 새움으로 시들고 구겨진 몸
간신히 끌고 나온 아침 산책길
홀로 앉은 경주의 천년 고분
외로운 긴 세월 두려워하지 않는구나
고분에 깃든 환한 햇살 넘겨받아
풀잎처럼 생기 얻으며
주님의 이끄심을 느낀다
주님 열어주시는 오늘을 향하여
솔직한 긍정으로 마주 서니
밤새 타오르던 불안의 잉걸불
차츰 사그라지고 어느덧,
잔잔한 물가에 앉아 푸른 초장草場 보노라

저물어가는 가을을 바라보며 한 번씩 생각합니다. 신앙의 힘이 없었다면 어떻게 이 헛헛한 노년을 보낼 수 있었을까 하고 말이지요. 더욱이 대부분의 시간이 정적 속에 가라앉는 시골살이에서 그렇습니다. 자연의 때깔 나는 아름다움이 그 아무리 커도 가슴의 허전함을 다 메울 수는 없을 것입니다.

내 평생 감사한 일 다섯 가지

없는 집 열 남매 끄트머리로 태어나
못 먹고 못 입었어도
평생 사람을 차별하지 않게 되었으니 감사한 일이고
어릴 적의 무수한 난독亂讀으로
이제껏 누구에게 꿀리지 않아 좋았고
몸에 여러 불편한 구석이 있어
내 보잘 것 없음을 자주 돌아볼 수 있게 되었다
잦은 시련 속
억울하고 분하다며 허우적대었으나
차츰 남의 고통과 슬픔에 함께 빠질 수 있어 기뻤다
무엇보다
늦게나마 하느님을 영접하여
그분이 들어오실 내 마음 정리하여 비울 수 있었으니
끝날까지 감사한 일이다

저는 경주 화천리 어느 골짜기에 저와 아내의 무덤터를 미리 만들었습니다. 돌로 둘러싼 곳에 작은 땅의 공간을 만들어 여기에 저와 아내의 골분을 종이에 싸서 묻을 작정입니다. 아이들도 원하면 그 밑쪽에 하라고 일러두었습니다. 찾아온 이들이 둘러싼 돌에 앉아 피크닉을 할 수 있습니다.

경주의 향토사학가 고 윤경열 선생은 죽음에 임박하여 자식과 손주들에게 노래 한 곡씩을 부르게 하셨다고 합니다. 저도 그러고 싶습니다. 아이들의 노랫소리를 들으며, 부모자식 간에 맺은 서로의 길고도 아름다운 인연을 감사하게 돌아보는 사이 조용히 눈을 감을 수 있다면 얼마나 큰 축복일까요!

무덤에는 아무런 표식도 하지 않았습니다. 아내는 그래도 서운하니 제가 살아온 과정을 비석에 새겨넣자고 하였으나, 비석 대신에 제 시 하나를 돌에 새겨두었을 뿐입니다.

무덤가 꽃향유

바람이 바스러져
따스한 햇살로 모이는 산골
한 구석 마련해 둔 내 무덤터
늦가을 마른 풀잎들 사이
소복이 핀 보랏빛 꽃향유
사랑도 미움도 슬픔도
너와 나 얽힌 일 없거늘
뜻밖의 만남은 축복이어라
저 먼 길 올라갈 때
너하고 길동무하면 좋으련만
혼자서만 가는 길
다 버리고 떠나는 길
네 작은 꽃잎 사이
눈물 한 방울 떨구고 가리

아내와 저는 무덤터에 자주 찾아갑니다. 아내는 이곳의 고즈넉한 풍경이나 분위기가 너무 마음에 든다고 하는군요. 그런데 얼마 전 한국의 세계적 건축가 윤경식 선생이 제 무덤터 사진을 보고, 프랑스의 유명한 건축가 누구가 만든 그 자신의 무덤과 아주 흡사하다고 말해주더군요. 아마 극도의 소박한 절제미가 공통되지 않을까 생각합니다.

아내의 어깨

새벽 강가 자욱이 안개 끼면
알 수 없어라, 나는 어디에 서 있을까
바람 불어와 마당 낙엽 쓸어 가고
마른 풀밭 호박 누런둥이 하품할 즈음
펑펑 눈 내리는 날 갑자기 떠오르고
눈 밑에서 올라올 새싹들도 아련하다
가만히 고개 들어 세상을 바라보니
촘촘히 짜인 알 수 없는 질서
내가 살아있는 근거이니 고맙기만 하여라
지금 왜 여기 있는지 잘 알 수 없어도
아직은 작은 소용이 됨을 깨닫는다
힘겨워 가라앉은 아내의 어깨 위
푸른 달그림자로 만든 망토 두르고
그윽이 내 얼굴 기울여 얹는다

밭 여기저기에 숨어있는 호박 누런둥이를 따들입니다. 심지 않았는데도 호박이 싹터 덩굴이 뻗쳐가며 열매를 맺는군요. 풀들이 무성할 때는 호박덩이도 푸른 탓에 잘 보이지 않습니다. 가을이 오며 서서히 누런색으로 익어가며 눈에 띄기 시작하는 것이지요. 아직은 서리가 내리지 않아 파릇한 풀들에 가려 여전히 찾기가 쉽지 않습니다. 어떤 날은 다섯 덩이 정도나 가져옵니다. 조금 지나 무서리가 내려도 호박은 억지로 참아냅니다. 그러나 된서리가 한 번 내리면 무참하게 다 말라버립니다. 날씨가 점점 차가워지는군요.

11월 풍경

밭 한구석
코스모스 한가로이 피었다
꽃 위로 폴폴 날아가는
노랑나비 한 마리
누구 말 전해주러 왔니 하는 물음에
시답잖다는 듯
11월 얇게 갈라진 햇살을 가리킬 뿐
나비 떠나간 따스한 자리
길냥이 쭈그려 누웠고
먼 산의 코 고는 소리 들린다

시월이 지나면 벌써 가을은 저 먼 데서 겨울이 불어넣는 쓸쓸함을 어쩔 수 없이 안게 됩니다.

11월이지만 아직은 따뜻한 날에 많은 사람들이 경주로 와서 늦가을 풍광을 즐깁니다. 첨성대 일원에서 저 밑 서쪽으로 잔디밭이 고분들을 끼고 아주 넓게 펼쳐집니다. 한국의 다른 도시에서는 볼 수 없는 경주만의 넉넉함입니다. 세계를 둘러봐도 이처럼 크고 아름다운 고분공원은 달리 예가 없는 듯합니다.

봄을 기다리며

새하얀 벚꽃잎들 떨어지며
천지를 들썩이더니
세월 탓하며 구르는 낙엽 소리
어느덧 요란하구나
마른 풀잎 사위어가듯
생의 방향 가늠할 수 없어도
남은 날들 똘똘 말아
마음속 희망의 칸에 소중히 넣고
가만가만 새봄 기다린다.

나이 든 사람에게는 봄은 항상 그리움입니다. 만물이 소생하는 그때를 그리며 일편단심으로 기다리지요. 가을이 깊어가면 겨울을 건너뛰고 오직 곧 건너올 봄을 기다립니다. 한 번 더 봄을 가질 수 있을까 하는, 몸 안에 번지는 희미한 불안도 없지 않습니다.

바보

나는 바보로소이다
진정 바보로소이다
멋대가리 없어 누구 한 사람 기쁘게 한 기억이 없고
모든 것 걸고 목숨보다 더 치열한 사랑한 적 없었고
눈물 흘리는 사람 제대로 끌어안아 준 일 하나 없는
맹하고 무정한 바보로소이다
그나마 이제 다른 이들 오순도순 살아가는 이야기 들리고
산과 흘러가는 구름, 온갖 풀꽃 그리고 나무들 친구하여 살며
푸른 하늘 저 안에서 고요히 그리운 얼굴 그려낼 수 있으니
못생긴 나에게 주어진 넘치는 복이요
그 힘 빌어 바보를 벗어나려고 애쓰는
여전한 바보로소이다

경주 서천에 자주 나갑니다. 강폭이 제법 큽니다. 실로 '천년 두고 흐르는 강'이지요. 제 좋은 친구의 하나입니다. 서천은 경주의 다른 쪽에서 흘러오는 남천과 북천을 가슴에 품은 뒤 형산강이 되어 멀리 포항 앞바다로 빠져나갑니다.

가을 억새가 우거진 서천에 가면 그에게 할 말이 많습니다. 그런데 바람에 실려오는 말은 서천의 말이 아니라 제 말입니다.

늦가을 일상

아침 밭에서 유난스레 까치들 울어대어
오늘은 누가 오나 하고 기대했더니
하루 종일 찾아오는 사람은커녕
꼴 난 전화 한 통 없어라
늦가을 한구석 휘저으며 지나는 바람이
거 봐 내가 뭐랬어 중얼거리고
지나가는 길냥이 눈을 흘깃거리며
내 밥도 제대로 안 주는 놈이 쯧쯧 타박 준다
마지막 외롭게 핀 노란 호박꽃은
그나마 나를 위로한답시고
무소식이 희소식 아니겠어 하고 염장을 지르니
세상천지 믿을 것 하나 없다는 서운한 생각에
햇볕 밝은 방 안에서 읽다 남은 소설책 펴든다

결혼 33주년을 맞아 경주 보문호에 갔습니다. 한 6킬로미터 정도 되는 호수의 둘레길이 경치도 좋고 걷기에 무척 편안합니다. 일만 보 정도 걸은 후 저녁 식사를 하며 금혼식 때까지 분발하자고 서로 격려했지요. "17년 후 그때까지 나는 살아있을까?"하는 생각도 들고, "나 혼자 살아남으면 내 삶 전체에 들이닥칠 어두운 먹구름을 과연 제대로 감당할 수 있을까?" 하는 생각도 들었습니다.

아내가 언젠가 아들에게 "느거 아버지가 죽으만 나도 따라서 콱 죽어뿌릴까? 나 혼자 어떻게 살겠노!"하더군요. 그건 저도 마찬가지입니다. 아내나 저나 둘 중 하나가 없어지면 큰일입니다. 아마 농사지으며 조용히 강물 흐르듯 사는 지금의 황금 같은 시골살이도 끝을 낼 수밖에 없을지 모릅니다. 하지만 그것은 그때에 맡기고 저에게 주어진 시골에서의 일상을 감사하게 받아들입니다.

집으로 가는 길

선달그믐 추운 날씨
눈은 펑펑 내리고
굴뚝에서 나는 밥 짓는 연기
몽환처럼 흩어지는데
발걸음 재촉하는 가난한 나그네
발은 푹푹 빠져 몸은 가라앉으나
저 산모퉁이 돌아가면 바로 내 집
헐벗고 조악해도 빛 가득한 내 집
가자, 가자, 어서 가자
젊은 날 차마 포기할 수 없었던 꿈
고스란히 남아있는 곳
진리와 자유에의 갈망이
월광의 신화에 싸여있는 곳
불어오는 눈보라 앞을 가려도
머릿속 맑은 빛 터뜨리며
한 발 한 발 내디딘다
가자, 가자, 마지막 힘내어 가자

가을의 막바지입니다. 닥쳐올 겨울의 거친 손끝을 걱정하지 않을 수 없군요. 겨울은 왠지 바깥을 떠돌다가 힘들게 집으로 찾아가야 하는 길로 보이는군요.

아마 어릴 때의 그 애잔했던 경험이 아직 녹지 않고 제 마음에 남아서 그럴 것입니다. 변변한 겨울옷 하나 입을 수 없는 채 차가운 냉돌에서 잠을 자야 했지요. 생의 기초적 조건이 너무나 박했습니다. 그런 중에도 더 나은 삶을 향한 꿈을 잃지는 않았던 것 같아요.

고3으로 올라가는 어느 날 입으로 숨을 쉬면 하얗게 김이 되는 추운 방에서 조지훈 선생이 편찬한《채근담》을 한 장 한 장 읽어 나가던 기억이 불현듯 새록새록 떠오르는군요. 그런 꿈을 가지며 주저앉지 않고 끊임없이 새로운 세상을 추구하던 옛 시절이 눈물겹습니다.

추수 秋愁

달 어두운 밤
낙엽을 굴리는 바람 따라
생각은 이리저리 흩어지는데
멀리 보이는 점점의 등불
내 마음속 옮겨와 내다보니
산자락 어둠
홀로 선 나무 한 그루
그렁그렁 눈물 흘린다

가을걷이가 진작에 끝난 경주의 빈 들판에 해가 집니다. 아무도 없습니다. 새도 개도 사람도 보이지 않습니다. 들판은 조용히 밤의 가슴안으로 가라앉습니다. 등불이 하나둘씩 켜집니다. 등불은 저마다의 사연을 가지고 빛을 냅니다.

무 無

바람 부는 날이면
더욱이 늦가을 희미한
태양이 포개지는 날이면
의문의 열매가 낙하한다

나 없는 세상이 어떠할까
내가 없는 세상의
나는 무엇을 하고 있을까

시간은 만질 수 없어서
내가 없는 세상의 시간도
도무지 짐작할 수가 없다

멈춘 시간을
멈추었는지 모르고
한없이 여행하는 티끌일까

찬란한 새봄이 다시 와서
황야에 붉은 꽃 한 송이 필 때
티끌이 갇힌 얼음은
영영 풀어지지 않으리니

집의 돌담에 붙은 담쟁이들이 가을의 끝을 향하여 달리고 있다이 나이가 되어 모든 것을 접은 채 시골살이를 하는 자신을 한 번씩 돌아봅니다. 실패로 점철된 삶이었지만 영광의 빛으로 빛나던 짧은 시절도 있었습니다. 구질구질하고 누추한 삶 가운데서도 아름다운 사람들과 맺은, 세상 무엇과도 바꿀 수 없이 귀중한 인연도 제 몸속에 남겨져 있습니다.

그런 중에 저에게는 살날이 얼마 남지 않았다는 사실을 받아들입니다. 죽음은 주위의 모든 관계의 종언을 고하는 비참한 속성이 있습니다. 누구도 이를 피하지 못합니다. 앞으로 남은 날들을 어떻게 사는 것이 지혜롭다고 할 수 있을까 하는 점을 자주 생각합니다.

우리가 지나치는 것들

누군가 말을 하지 않는다
그는 당신이 알아들을 수 없는 말
가슴을 짜내며 하고 있는지 모른다
무표정하게 당신을 바라보는 사람
가장 간절한 말을 하기 위해
당신의 마음 열리기를 기다리는 것일 수 있다
사랑한다는 말 하지 않는다고
그를 떠나지 마라
사랑이라는 말이 너무 무거워
입에 담지 못하는 경우도 있다
당신의 오해와 냉담이
날카로운 창이 되어 돌아온다
그리하여 당신의 가슴을 찔러 후벼파면
비탄의 눈물에 젖으리라
강언덕에 피어오르는 봄 아지랑이
그 따뜻한 마음으로 마주 보면
활짝 열리는 새롭고 아름다운 풍경
우리는 얼마나 많은 소중한 것들
건성으로 지나쳐 버리는가

저희집 남천이 늦가을 단장을 새로이 하고 담장 너머로 살짝 얼굴을 내밉니다. 지나가는 사람들에게 말을 거는 것 같기도 합니다. 그러나 세상의 얼굴은 요즈음 너무나 각박하고 살벌하군요. 모두들 무심히 지나쳐 버립니다. 저 혼자라도 나무와 풀과 새들과 이야기를 나누어 보려고 합니다.

감사합니다

분노가 이글거리는 이 땅에도
짙은 어둠 지나고 새날이 튼다
저 멀리 새벽을 뚫고
시린 벌판을 헤치며
희미하나 확신을 주는 소리
땅 밑에서 굴러온다
염려하지 말라, 평안을 얻으리라
말하지 않으면서 말하는
그는 누구인가
숨 막히는 절망의 먼지 가라앉히고
저희 가슴속 연약한 소망의 싹
따스한 손길로 보호하소서
믿음의 그늘에서
영원한 안식이 자리하리니
오직 제 입에서 나오는 한마디의 말
감사합니다

저희집에서는 새벽이면 멀리 흥륜사의 범종 소리가 들립니다. “뎅— 뎅—”하며 울리는 청아한 소리가 어둠을 찢고 달려옵니다. 스님들은 졸음을 쫓으며 새벽예불을 하시겠지요. 저는 고요와 평안 속에서 까닭없이 “감사합니다!”라고 해봅니다.

늦가을

가느다란 초승달을 밟고
외로움이 서있다
대륙을 건너온
카랑카랑한 바람과 마주친
나뭇가지 사이에도
이리저리 헤매는
겹먹은 길냥이 눈 안에도
쓸쓸함이 앉아있다
단절의 긴 한숨을 쉬는
대지 위에서
갈증으로 허덕이는 늦가을
메마르게 갈라지는
그 얼굴 안쓰러워
내 작은 품에 안으려
천천히 팔을 내민다

정작 겨울보다도 늦가을의 황량함이 더한 것은 아닐까요? 늦된 밤이나 호두가 지붕을 때리며 떨어지는 소리 외에는 새소리도 잦아들고, 풀벌레 소리는 아예 사라집니다. 불안한 예고에 몸을 떨며 가만히 다가오는 겨울의 험상궂은 기색을 살핍니다.

겨울이 오면

겨울이 오면 봄이 어이 멀었으리
쉘리의 서풍부西風賦로 씨올의 소리 엮은
성성한 백발 함석헌 옹
겨울바람이 지나가는 길목에 서면
청춘의 안개로 그립게 피어나는 사람들
시대의 모진 한기 자기 몸 살라 데운 전태일
큰 산처럼 우뚝한 휴머니스트 조영래
얼어붙은 하늘에서
함석헌, 조영래, 전태일의 별을 찾는다
눈물을 글썽이며 손가락 더듬는다
언제나 겨울이 오면
광야의 언 바람 아랑곳없이
따뜻한 별로 떠오르는 그들
내 몸속 온기 다 빼내어
그들 소매 속에 슬며시 보태주며
꼭 말하고 싶다
함께 해서 행복했습니다
함께 하는 날 기다립니다

겨울이 다가오면 빈 들판은 유난히 쓸쓸한 표정을 짓습니다. 누군가 와서 따뜻한 말을 걸어주길 기다립니다. 겨울을 견디며 봄을 키워낼 용기를 가지고 싶다고 말하는 듯합니다.

저는 어릴 때 고 함석헌 선생이 펴내시던 〈씨알의 소리〉를 열심히 읽었습니다. 책이나 읽을 것이 귀하던 그 시절에 어떻게 구해서 읽었는지 잘 기억은 나지 않습니다. 또 톨스토이의 책은 구할 수 있는 대로 모두 읽었습니다. 사촌 형이 갖고 있던 한 열 권 정도의 톨스토이 전집 새 책을 모두 빌려다 읽으며 헌책으로 만들어 돌려준 미안함이 떠오르는군요. 아마 기존의 제도에 대한 저의 저항정신은 이런 독서로 얻어진 것이 아닐까 하는 생각이 듭니다.

아, 조영래 변호사가 조금 더 살 수 있었다면 얼마나 좋았을까 하는 생각을 많이 합니다. 그랬다면 제 삶도 덩달아 많이 달라졌을 것입니다. 그의 죽음을 듣고 한동안 시도 때도 없이 눈물을 줄줄 흘리던 날들이 생각납니다.

첫사랑

긴 밤 한 올 한 올 풀어헤쳐
소주잔에 담그는 나
아직 너를 잊지 못해 이러는 줄
너는 알고 있니
유난히 차갑게 별이 빛 잃던 날
흐드러진 봄 꽃잎 사이
시든 청춘 목을 떨구었다
세월의 역마는 쏜살같이 어둠을 달리고
영영 지나가 버렸건만
내가 너를 잊지 못하니
밤은 끝없이 찾아오고
나는 소주에 녹여 밤을 마신다

젊었을 때 저는 술을 많이 했습니다. 유난히 술 많이 마시는 법조계 전체를 따져 1등 아니면 2등 아니겠느냐는 말을 들을 정도였습니다. 대학 2학년 땐가 혼자서 고량주 열 몇 병인가를 마신 기억이 나는군요. 30대의 젊은 나이에 불행히도 점점 우울증의 늪에 깊이 빠져들어 가며 생의 의지를 상실한 채 황량한 가슴을 술로 달래었습니다. 폭주도 그런 폭주가 없었습니다.

고 안형관 교수님이 기울여주신 지극한 정성으로 차츰 우울증에서 빠져나오고 그분의 주선으로 집사람과 결혼하여 아이들을 얻는 과정에서 많이 바뀌었습니다. 이 세상 무엇보다 귀한 아이들을 위해 담배를 끊었고 술도 절제하기 시작했습니다. 지금은 거의 술을 마시지 않습니다. 그러다가도 호기가 나면 옛날의 못된 습성이 발동하여 말술을 마셔버립니다.

소주

가을바람은 소주다
나무들 홀짝거리며 마시다가
불콰한 나뭇잎들 어지러이 떨어진다
인연의 질긴 자석에 엉겨 붙어
마음속 빼곡히 쌓이는 시름들
저처럼 쉬 떨어질 수 있다면
하룻밤 내내 소주 마시지 못하랴

어느 날 떨어지는 낙엽을 보니까 색깔이 마치 술에 취한 것처럼 불그스름하게 보였습니다. 술꾼다운 발상인지 모르겠습니다. 무모하게 밤새워 술 마시던 젊은 날들을, 그 격정의 청춘을 이제는 슬며시 미소를 지으며 바라봅니다.

4부

겨울

김장

십이월 추운 달빛 받으며
아내 혼자 힘든 김장을 하네
무서리 된서리 다 맞은 무 배추
밭에서 패와 늘어놓고
이리저리 갔다 왔다
요손 조손 놀리며
맛깔나는 김치 담그네
엄동설한 폭폭 삭아
헛된 기운 다 빼내고
진국으로 익고 익어
내년 새봄 네 모습
눈에 아련히 어른거리네
이렇게 살다 살다
한평생 가는 것이니
서럽단 말 분하다 말 말고
때깔 좋은 김치처럼
이 사람 저 사람
입맛 돋우며 사는 게지

겨울이 닥치면 한국의 가정에서 가장 먼저 하는 일은 김장이었지요. 거의 필수적인, 겨울을 나기 위한 통과의례이었습니다. 너무 추워져 물이 얼어버리기 전에 김장을 하여 겨우내 먹을 반찬을 장만하였습니다.

얼마 전만 해도 저희집에서는 처갓집 식구들이 모두 모여 저희 밭에서 난 배추와 무를 가져오고 여름, 가을에 걸쳐 정성스레 말려 빻은 고춧가루로 무려 수백 포기의 김장을 하여 나누었습니다. 세월이 바뀜에 따라 김장도 달라져 이제 저희 가족만을 위한 작은 김장을 합니다.

세상은 신비

겨울 초입 까마귀 떼
먼 나라 날아와 하늘 덮는다
그들이 지상에 뿌리는
가늠하기 힘든 생의 의지
겨울이 가고 내년 봄
아스라이 아지랑이 피어오르면
연못 고기들 몸 풀어 알을 낳고
물 위에 떠오르는 비릿한 기름
응축된 생의 환희는
무언의 힘으로 풀려나간다
세상은 끊임없이 진동하며
신비의 잔상을 남기는 것이니
그냥 가슴에 넣은 채
무릎을 꿇고 경건한 기도 드린다
아득한 높이 기쁨의 파도에 올라타
감사의 노래를 부른다

사람에 따라 다르겠으나, 시골살이의 좋은 점 중 하나로 저는 신에게 가까이 다가설 수 있다는 점을 들고 싶습니다. 식물의 싹을 틔우고 정성을 들여 키우기는 합니다만 그 자라는 과정을 바라보면 경이롭습니다. 제가 들이는 정성보다 훨씬 더 큰 어떤 힘이 분명 작용한다는 것을 많이 느낍니다. 저는 그것이 창조주에게서 나오는 힘으로 생각합니다. 농부는 창조주인 신의 대리인으로 생명을 키우는 것이 아닐까 합니다. 생명은 신이 주시되 그 생명을 키워나가는 농부의 땀과 정성은 엄청난 역사役事를 옆에서 도와나가는 것이겠지요.

겨울나무

겨울나무는 푸르르다
희망을 붙잡는 마음이 있어 푸르르다

광막한 대지에 눈 덮이고
얼어붙은 강물 노래를 끊어도
푸른빛 고이 품는다
무시로 덮쳐오는 소멸의 현기증 아득해도
이겨낼 것이라는 믿음에 뿌리를 칭칭 감는다

언젠가 이 모든 고통
사라질 것이다
모두 그렇게 이 악물고 버티어왔다고
모질게 엮어진 역사歷史
틈을 열어 속삭인다

겨울나무는
무릎을 꺾지 않는다
눈 앞을 가리는 지독한 슬픔, 욕망, 환상

하염없이 누르며 아무렇지 않은 듯 서있다

언제가 새 하늘 열린다는 희망

허기진 속으로 삼키며

푸르게 푸르게 서있다

경주와 울산 지역에는 늦가을 무렵부터 갈까마귀 떼가 날아와 하늘을 덮습니다. 저희집 재래종 감나무에 달린 감을 따지 않습니다. 대봉감이나 단감을 먹지, 작은 재래종 감은 시골에서 그냥 버려둡니다. 이 감들이 온전히 그들의 밥이 되어버립니다. 초겨울까지 그렇게 산야를 덮다가 훌쩍 날아가 버립니다.

까마귀 떼가 사라진 다음 비로소 헐벗은 나무들이 보입니다. 그러나 나무에 따라서는 혹한을 나면서 내면의 치열함을 더욱 군세게 하는 나무도 분명 있다고 봅니다. 그렇게 힘들게 겨울을 난 뒤 그들은 더욱 푸르게 빛날 것입니다.

최부잣집(교촌마을)

오늘의 기도

댓잎 스치는 바람 타고
지저귀는 새들 소리
두 손으로 담으며 기도드립니다.
젊은 날 낡은 꿈들 꺼내어
햇볕에 말려 고이 수선하는
지혜로움 주시고
나 안의 나에 사로잡히지 않고
나 밖의 나,
세상과 조화된 나를 찾게 하시고
뒤처진 이들에 대한 연민과
하나됨의 마음, 언제나
고요한 불길로 타오르게 하소서
늙고 힘없는 손에 용기를 쥐어주시어
제가 꼭 해야 할 일
피하지 않게 하소서

바람이 안고 가는 티끌에 섞여
당신 품에 안기려 길 떠나오니
그날까지 오직 감사와 순명
이어지게 하소서

저는 거의 매일 이른 새벽이면 기도를 드립니다. 먼저 묵주기도를 올립니다. 제가 지금까지의 삶에서 가장 큰 시련을 겪었던 시기의 어느 날, 더 이상 제게는 남은 것이 없다고 생각하던 절망의 날 성모 마리아께서 찾아오셨습니다. 그날 이후 저는 하루도 빠지지 않으려고 하며 묵주기도를 바쳐왔습니다.

새벽의 청량한 기운을 가슴 속으로 넣으며 주위를 돌아봅니다. 사위는 고요하고 제가 키우는 수목이나 작물들은 미명 속에 조용히 경청합니다. 개들과 연못의 물고기, 개구리, 도롱뇽들도 주인의 말을 귀담아듣는 것 같습니다. 적어도 그렇게 그들과 일체감을 느끼며 제 마음을 모두 모아 기도를 드립니다.

상처

나무도, 한갓 풀 한 포기도, 사람마저도
상처를 받지 않고 자라는 것은 없다
왜 상처를 받아야만 하는지
아픔을 견디다 못해 때때로 울부짖어야 하는지
아무도 모른다
상처는 잘 아물게 하는 것 외에 다른 방법이 없다
상처의 원인을 되새기고
어느 사이 곁에서 사라진 존재들
그들을 위해 눈물을 흘리고
세상의 다른 상처를 없애려고 애쓸 때
비로소 우리는 회복의 힘을 가진다
상처는 서서히 아물어 가고
상처로 생긴 결핍의 시간은 채워진다
상처의 기억에서 벗어나
땅 위에 우뚝하게 선 이
그가 뿌리는 너그럽고 고요한 눈길은
주위를 풍성한 푸르름으로 감싸안는다

아내가 몇 해 전 심은 바늘꽃이 무척 잘 자라는군요. 양지바른 곳에 자리하게 해주었더니 기세가 썩 좋습니다.

바늘꽃은 여름에 피기 시작하여 무서리를 맞아도 살아남습니다. 된서리가 올 때까지 계속 꽃을 피웁니다. 된서리가 내릴 때까지이지만 겨울에 핀 바늘꽃은 무척 외로워 보입니다. 상처를 가슴속 숨겨 두고 마지막 힘을 다해 겨울꽃을 피우는가 봅니다.

아내의 손

동짓달 긴긴 밤
엷은 달빛 안고 누운 방
이 생각 저 생각 가라앉히려
옆으로 슬며시 손 뻗어
다른 손 잡는다
누가 먼저 세상길 다할지
그때 가면 잡을 수 없는 손
이 손에 담겼던 정성들
어두운 허공 돌아다니며
반짝반짝 빛을 뿌린다
저 멀리 혼자 떠나도
잊지 않겠다고
아니 잊을 수 없다고
꼬옥 움켜잡는다

오래간만에 집안에 칠작업을 다 했습니다. 한옥의 목재는 몇 년을 두고 한 번씩 칠을 해줘야 부식을 방지하고 또 모양이 납니다. 때를 벗긴 대문이 우뚝합니다. 저희집 대문은 유난히 큽니다. 동네에서 제일 큽니다. 안에 통나무가 세 개나 들어있습니다. 조금 과하지요. 대청마루나 축담 마루 곳곳에 새로 칠을 입히니 집 전체가 살아납니다.

세운 지 30년, 저와 아내가 이 집을 가꾸어왔습니다. 아내는 끊임없이 손을 움직여 집을 반듯하게 만듭니다. 이 집에 저희 가족의 오랜 이야기들이 오롯이 담겼습니다.

지금이 좋아

하늘과 땅의 영광이 사라지고
사방 들끓던 소리 가라앉았구나
수직으로 꽂히던 빛은
비스듬히 나지막하게 내려온다
감당하기 어려워 비틀거리던 그때보다
조그만 모습으로 주저앉은 지금이 좋아
억센 갈퀴가 더 이상 내 몸을 긁지 않고
조금 양보하고 조금 더 참으면
세상의 거친 물결 조용히 가라앉는다
내 손길 자주 내밀어 귀하게 쓰이니
맞잡은 손아귀에 고이는 따사로움
희미해진 영광의 기억 대신
일상의 안심이 주는 기쁨에 감사하고
저 밑으로 내려가 닿는
겸손의 피난처 무척 포근하구나
아무려면 그때보단
지금이 많이 더 좋아

얼어붙은 겨울 하늘이 조금 풀렸습니다. 저희집에 아침의 부드러운 빛이 찾아옵니다. 멀리서 수탉이 새벽을 알리는군요. 한 해가 하염없이 저물어 갑니다. 나이가 늘어나는 게 서운하기는 합니다. 그런데 저만한 나이의 사람들에게 물으면 흔히 과거의 젊었을 때보다 현재가 더 좋다는 말을 합니다. 그럴까 하고 이상하게 들릴 수 있으나, 실제 제가 여러 사람에게 물어보니 그렇더군요. 젊었을 때로 다시 돌아갈 수 있다고 해도 단호하게 그러지 않겠다는 이도 있습디다.

불멸

모든 것은 변한다, 다행스럽게도
억수같이 연일 내리는 비
한겨울을 덮은 새파란 추위
여름철 내리꽂는 불볕
어느 순간 어느 것도 변한다
새로운 숨결이 출렁이며
만물에 생기를 불어넣는다
드물지만 변하지 않는 것도 있다
신에 대한 믿음
자식을 위한 희생
대의를 향한 헌신 등등
변하지 않는 것의 본질은
먼 수평선처럼 그려지는 아득한 사랑
가없는 사랑에 의지하여
침묵의 불멸不滅을 꿈꾼다

땅 위에 굳건히 선

천년, 만년의 나무로

유전流轉의 허망한 세상을 이기는

불멸의 존재가 된다

30년 전 이곳 시골의 벌판에 집을 지을 때 제 목숨보다 훨씬 귀한 아이들이 이곳에서 꿈을 키우며 살기를 바랐습니다. 상량식 때 대들보에다 아이들에 대한 헌정獻呈의 뜻을 써넣어 올렸습니다. '희정과 호승을 위하여 이곳에 터를 잡다'는 글귀를 써넣어 올렸지요. 하지만 그 후 많은 개량의 과정을 거쳤습니다. 이제 보니 처음 주안점을 두었던, 살기 편한 실용성 외에 아름다움도 함께 갖춘 집이 된 것 같은 뿌듯함에 젖습니다.

며칠 전 직급이 꽤 높은 공무원 한 분이 제 사는 곳을 모두 둘러보더니 "아하 이제야 알겠습니다. 어떻게 세상 욕심이 그토록 없이 사시는 것이 잘 이해가 되지 않았는데 말입니다."라고 합디다. 저는 여기에서 서서히 목화木化의 과정을 밟고 있는지 모르겠습니다.

새해에는

보낸 해는 언제나 버거웠지만
새로 맞는 해는 가뿐하다
무거운 돌들이 실리지 않고
다가올 봄바람만 살랑이며
지나가기를 빌어보지만
언제나 무자비한 삶이여
실망하고 속고 상처를 입고
서서히 견디지 못할 무게로 가라앉으니
그래도 새해는 다르겠지
그 희망 하나 붙잡고
아무 일 없는 듯이 태연히 사는 거지
그러는 새 간혹 스쳐 가는 기쁨
내내 울음을 참으며 그 기쁨에 기대잖아
그런 게 땅에 뿌리박은 삶이잖아
그렇게 해서 우리는 깊어지잖아

새해를 맞습니다. 경주에서는 매년 새해 새벽 석굴암 밑에서 사람들이 모여 해돋이 구경을 합니다. 그런데 추위가 이만저만이 아닙니다. 몸을 옷이나 내의로 꽁꽁 둘러싸듯이 해야 겨우 몸의 온기를 유지할 수가 있습니다. 거의 겨울에 만리장성 올라가 대륙 북방의 한기를 그대로 맞는 것과 같습니다. 동해 바다에 해가 서서히 떠오르는 모습은 장관 그 자체입니다.

내 무덤

내 무덤은
경주 화천리 어느 산비탈 아래
가만히 숨어있다
내 시 하나가 적혀있을 뿐
나에 관한 표식이 아무 데도 없다
죽은 뒤 화장한 뼛가루
종이에 싸거나 나무통에 넣어
살짝 묻으면 된다
나는 간혹 선들바람이 되어
무덤에 오는 이들 주위를 맴돌려고 한다
때로는 가는 햇살 뭉치로 와
그들 머리 위에 반짝이는 꽃을 만들고 싶다
어쩌면 무덤 주위를 도는 한 마리 나비
나를 용케 알아보는 이 앞에서
반갑게 날개를 펄럭일지 모른다
생사의 강은 멀고도 멀어
어떻게 다시 넘어올 수 있을지 아득하다

신정을 맞아 집으로 내려온 아들과 함께 무덤터에 들렀습니다. 저와 아내가 죽고 난 다음에는 이 아이가 관리해야 하는 터입니다. 그래도 이를 미리 마련해 놓으니 미안함이 덜 하지요. 막상 사람이 죽었는데 장지가 정해지지 않았다면 초상난 집에서는 허둥지둥하기 마련입니다. 저는 아이들에게 그런 부담을 주고 싶지는 않았습니다.

새벽의 기도

여명이 퍼지기 전 짙은 어둠
마음의 불 밝히고 살펴본다
곳곳에 어지러이
낙엽처럼 쌓인 후회들
한쪽에 치워놓고 기도를 올린다
스쳐 가는 남의 눈빛이라도
가슴에 포근히 안을 수 있는 사람
극단의 달콤한 유혹에 빠지지 않고
중간 길 묵묵히 걷는 사람이 되고
못난 내 등 더 구부려
자식들 쉬 타넘어 가게 해달라고
간절한 마음의 칼로
어둠을 베며 기도한다

미망과 집착에 허우적거리며
후회의 낙엽들을 쌓아나가지만
저 깊이 흐르는
모든 때 벗겨주는 맑은 강물
주님이 여시는 그 물길 바라보며
하루를 여는 기도 올린다

먼 곳에 있는 큰딸을 뺀 가족들이 남해로 가족여행을 다녀왔습니다. 오래간만의 일이었습니다. 아이들이 모두 계획을 짜고 해서 가진 기회였습니다. 많은 이야기를 나누는 더없이 소중한 시간을 가졌습니다. 맛있는 집을 찾아가 멸치회 같은 것도 실컷 먹었습니다. 아, 남해 보리암에서 바라보는 바다의 풍광은 거의 선경仙境처럼 반짝이더군요.

제가 새벽기도를 올릴 때 여러 사람을 떠올립니다만 가장 주된 부분은 자식들이 될 수밖에 없습니다.

시골장터

사는 게 시시해질 땐
시골장터 가보자
거기에서 열리는 거대한 경연
곱게 깎은 밤톨, 다듬은 햇나물, 더덕, 물 좋은 생선
생의 심연에서 길어 올린 찬란한 햇볕 받으며
제각기 열을 뿜는다
할매도 할배도 아줌씨도 떠꺼머리 총각도
갈고 닦은 내 정성 가지런히 늘어세워
오직 누군가의 눈과 마주치기를 기다린다
그들이 거리에서 먹는 한 끼의 조촐한 식사
그것은 슬프지도 고요하지도 노엽지도 않은 법
파장하며 비로소 펴는 어깨
걸린 무게 조금 가벼워진다

돌아가서 식구들과 나눌 따뜻한 밥상 위

흐르는 무념의 시간

그게 바로 무상의 축복이지

사는 게 왠지 하찮아지면

시골장터 돌아보자

멋진 삶의 오케스트라 들어보자

시골에서는 상설장인 시장을 중심으로 하여 지금도 오일장이 섭니다. 5일마다 한 번씩 열린다는 뜻입니다. 그래서 달력의 1일에 장이 열리는 곳에서는 6일에 다시 열리고, 2일에 장이 서면 다음 장날은 7일입니다. 제가 사는 경주에서는 윗시장인 성동시장과 아랫시장인 중앙시장의 두 개의 상설시장이 있는데, 두 시장에서 날짜를 달리하여 오일장이 섭니다.

오일장에는 온갖 사람이 다 오고, 또 온갖 물품들이 다 나옵니다. 심지어 병아리를 팔러 나오거나 집의 개가 낳은 강아지 중 남는 것을 내놓기도 하고, 미꾸라지, 잉어, 정성 들여 가꾼 꽃 같은 것들도 나옵니다. 장 주변은 갖가지 상품들로 아연 활기를 띠는 것이지요. 둘러보며 구경하기에는 그만입니다. 우리의 모든 삶이 그대로 담긴 소박한 풍경이니까요.

그날

퍼런 비 철철 내릴 때
여기저기 온통 아우성쳤지
슬픔과 분노가 모두를 덮었다고
검정 눈이 온 산과 들 덮었을 때
광명은 다시 솟아오르지 않을 것 같아
고라니도 멧돼지도 땅파기를 그만두었지
절망으로 낮게 깔린 하늘 아래서도
순백의 새싹은 자라나고
터진 잎사귀에서 꽃이 피어나면
뒤엎힌 세상 벌떡 설 날 오는 법이니
가슴을 찢는 긴 아픔에 눈이 멀었으나
오직 진달래 꽃잎 하나 품에 간직하여
그 꽃잎이 퍼져 무한의 꽃비로 내리며
빙글빙글 춤추고 노래하는 날
거룩한 날 어서 오소서

모든 게 꽁꽁 얼어붙은 한겨울입니다. 이 엄혹함이 그대로 마냥 이어질 것 같습니다. 항상 그렇습니다. 여름철 비가 며칠만 이어져도 맑게 갠 날은 찾아오지 않을 것 같은 비관에 빠져 버립니다. 절망의 큰 파도가 덮쳐올 때는 이제 온전히 채색된 아름다운 세상은 다시 찾아오지 않을 것으로 체념하기 쉽습니다.

그런데 마당에 나와 무심코 눈을 돌렸습니다. 아하, 몇 해 전 어느 지인이 산에서 캐다 준 진달래를 보니 벌써 꽃눈이 맺혔군요!

진달래꽃은 봄이 오면 한국의 이 산 저 산 가릴 것 없이 연분홍빛으로 피어납니다. 가히 온 산이 진달래로 덮입니다. 그러나 진달래는 오염에 무척 약합니다. 개가 오줌을 한 번 누어도 죽어버립니다. 몇 번을 그러다가 어느 지인이 산에서 캐온 진달래를 개들이 접근 못하게 그 앞에 말뚝을 박아 고이 키웠습니다.

가장 비참한 곳에서 가장 성스러운 계기가 일어나듯이 이 한겨울 추위를 딛고 진달래 꽃눈은 계절이 바뀌고 있음을 용감하게 알립니다. 기적처럼 찾아올 새봄을 가슴 두근거리며 기다립니다.

겨울 나그네

겨울 하늘 걸린 낮달
너무 추워 파르르 떨고
눈 녹아 진창으로 변한 길
나그네 옷에 튀는 얼룩
삶은 어차피 욕되게 사는 것
개의치 않고 내닫는다
어둠 깔리기 전
이 한 몸 쉴 곳 찾을까나
긴 한숨이 만드는
희뿌연 낯선 공간
길은 어지럽게 뻗어있고
기약 없는 발걸음 서럽다

추위가 몸을 파고들면 저 먼 옛날 추운 방에서, 음력으로 섣달 그믐날 눈은 펄펄 내리는데 정처가 마땅치 않은 어느 나그네의 고단함을 그린 만화를 보던 기억이 자주 납니다. 만화가의 성함이 '박기당' 선생이었던가요? 이분은 유난히 우리의 전통적 풍습과 정경을 세밀히 잘 묘사하였습니다. 우리의 삶이 어쩌면 그 만화의 컷처럼, 기다리는 사람은 없어도 끝없이 길을 떠나야 하는 나그네인지도 모르겠습니다.

슬픔의 의미

이제는 나의 때가 지나갔다고
헛헛한 발걸음 돌리니
슬픔의 쓰나미로 변한 과거
갑자기 거세게 밀어닥친다
원래 삶이란 슬픔의 바다이건만
구태여 외면해 오던 쓸쓸한 과거
성을 내고 달려든다
슬픔의 격정에 몸을 떨면서
슬픔의 안에 숨은
애틋한 마음 애써 꺼내
너와 나의 굽은 사연들
조심스레 살핀다
해가 달이 되고
바람이 새가 되어 나는 사이
먼 세월 지나고
빛바랜 젊음의 탁자 위
한 방울 눈물 떨어진다

경주의 고분이 겨울 찬 석양을 받으며 너럭바위처럼 쓸쓸하게 누워있습니다. 옛날 어릴 때 장 자크 루소의《고독한 산보자의 꿈》이란 수상록을 읽은 기억이 얼핏 납니다. 4·19 세대를 대상으로 펴낸 책이었지요. 책 내용이 기억난다기보다 책의 표지 정도가 겨우 머리에 떠오릅니다. 그새 60년 가까운 세월이 후딱 흘러가 버렸습니다. 홍안의 소년은 백발로 변했습니다. 저는 어느덧 그 수상록을 쓴 루소와 같은 처지가 되어 매일 고독하게 산책하며 몽상에 젖는 군요. 무엇보다 흘러간 세월은 슬픔으로 밀려옵니다.

겨울소리

찬 바람이 모질게도 쌩쌩 부는 날
헐벗은 나무들은 부들부들 떨고
새들은 마른 풀잎 사이로 몸을 숨긴다

바람이 고엽을 쓸어내고 흙먼지를 공중으로 날릴 때
나는 집 안에 들어앉아 무기력하게
무표정한 눈으로 세상을 내다본다

차가운 바람보다 더욱 칼날 같은,
사람들 마음에 들어찬 냉기를 느끼며
거기에 적응하지 못하는 자신의 어눌함을 책하며
마주 서지 못하고 도망가려고 하는 비겁함에 질리며
겨울 한낮은 차츰 기울어간다

태양이 산마루를 넘어가며 빛을 잃고
산이 감추어둔 어둠이 어느새 산을 넘어와 세상에 퍼지고
어둠이 깐 정밀靜謐의 숨소리가 굴뚝 연기 따라 낮은 하늘로 오르고
이제는 저 처절한 생존의 다툼이 잦아들길 기대하니

땅위를 뒹구는 보잘것없는 낙엽에도 약간의 휴식을 다오
어린 옛 시절 멀리서 들려오던,
아버지와 함께 듣던 기차 바퀴 소리가 들린다

숙인 머릿속에 별들이 박히고
이곳이 어드메냐? 바람도 잦아지고 사물의 분간도 사라졌는데
나는 다만 엎드려 들릴 듯 말 듯한
그리운 소리를 찾아 귀를 기울인다

겨울이 되면 뜬금없이 저 멀리 초등학교 저학년 시절이 생각나는군요. 아버지는 저에게 작고 둥근 오봉(알루미늄으로 만든 탁자)에 저를 앉혀 공부하게 해놓고 라디오 연속극을 들었습니다. 〈섬마을 선생님〉 같은 것이었지요. 그런데 저 멀리 기차가 지나가며 내는 아련한 소리가 어린 제 마음을 흔들었습니다.

시를 쓰는 이유

늦가을 낮게 깔린 적막 안
가늘게 들여다보며
겨울 함박눈 소복이 내리는 밤
하얀 숨 내뿜으며
나는 시를 쓴다
그것은 내가 나를 대하는 온전한 방식
그리고 존중이다
시가 그리는 세상에서
나는 비로소 사람이 되어
걸리적거림 없는 자유를 얻었다
꽃 피는 봄
눈물겹게 다시 찾아오면
먼 아지랑이 하염없이 바라보리
하늘과 바람과 별,
구름과 나무와 맺은 우정에 취해
기쁨의 소리에 잠겨 또 시를 쓰리
그것은 나를 나로 있게 하는 시다

제가 시를 쓰고 책을 읽는 공간에는 햇볕이 환하게 들어옵니다. 하늘에는 천창天窓까지 만들어 두었으니 빛이 더 많이 들어오지요. 여기서는 추운 겨울에도 햇볕만으로 데워집니다. 그리고 하루 내내 절간처럼 조용합니다. 창문을 열어두면 새소리밖에는 들리지 않는 곳입니다. 이 공간을 가질 수 있다는 게 늘그막의 큰 행복이지요.

가난한 마음

불면의 시간들로
눈앞이 캄캄할 때
목마른 사슴처럼
내 주를 부른다
마음이 가난한 이는 마음을 쉬 비우나니

비워진 마음에
내 주가 오시어
모든 일 버텨내는
큰 힘을 주시니
마음이 가난한 이는 청복을 가지리라

2022년 12월 31일 베네딕토 16세 전 교황이 돌아가셨습니다. 그는 공개된 유언장에서 "어떤 식으로든 내가 잘못한 모든 사람에게 온 마음을 다해 용서를 구한다."라는 말씀을 남겼습니다.

삶의 막바지에 이른 제가 처절하게 느끼는 심정이기도 합니다. 어찌 그토록 몹쓸 짓을 태연히 하였을까 하며 하루에도 몇 번씩 소스라치게 놀랍니다. 아, 제발 이 어둠에 싸인 몸을 끌고 그들에게 용서를 청하러 가고 싶습니다.

그분은 심한 불면증으로 고통을 받아왔으며, 교황에서 물러난 직접적인 계기도 그로 인해 생긴 심신의 쇠약이었다고 합니다. 저 역시 어릴 때를 제외하고는 긴 세월 불면의 고통에서 벗어나지 못했습니다. 나이 들어 지금은 상당한 차도를 보이고 있으나, 불면증에 걸린 이들에 대한 깊은 연민과 동정심을 감추지 못합니다. 고 김수환 추기경도 사제서품부터 추기경 서임까지 오랫동안 불면에서 벗어나지 못했다고 합니다. 그분을 사모하며 옆의 시조를 한 수 지었습니다.

이 시조에 담긴 뜻은, 불면이 분분한 마음을 비우는 계기가 되고 그 자리에 주님을 영접할 수 있다는 것입니다. 그렇지 않은 이도 물론 있겠으나, 고 베네딕토 16세 교황과 고 김수환 추기경의 경우 하느님이 필시 어떤 분명한 의도를 갖고 그분들의 불면에 작용하였으리라 믿습니다.

그런데 과연 고 베네딕토 16세 교황이나 고 김수환 추기경은 당신들에게 모질고 잔인한 죄를 지은 사람들도 다 용서하시고 눈을 감았을까요? 아마 그렇지 않을까요? 하지만 저 같은 범부凡夫는 아직 그러지 못합니다.

매일 묵주기도를 올리며 '오늘 저희에게 잘못한 이를 저희가 용서하오니 저희 죄를 용서하시고……'하며 주기도문을 외어도, 이 대목에 이르면 영 자신 없습니다. 제가 기껏 잡을 수 있는 마음가짐은 "그들의 악행을 제가 갚으려 하지 않겠습니다. 오직 주님께서 그들의 죄를 헤아려 징치懲治해 주십시오."하는 정도입니다. 이만만 해도 마음의 평화를 그럭저럭 유지할 수 있으니 얼마나 다행한 일일까요!

혹한 속에서도 집 마당에 환한 빛이 들어옵니다. 여기에 봄기운이 손을 내밀면 얼마나 화려한 곳으로 바뀔 것인지 벌써 가슴이 벅차오르는군요

나이 들어보니

나이가 들면
전에 보이지 않던 것 보인다
추위에 떠는 한 마리 새
예전엔 왜 보지 못했을까
쌓인 나이는
사람의 마음을 읽게 해준다
마음속에 어른거리는
흔들림, 부끄러움, 어색함을 읽으며
내 마음을 가져와
두 개를 슬며시 맞춘다
때때로 나뭇잎 스치는
희미한 바람 소리 듣고
하늘가 한가로이 흐르는
구름 조각들 쳐다보며
생의 평안과 위안을 느낀다

나이 먹어
아쉬운 것 없지 않으나
슬픔은 점점 엷어지고
눈빛은 보드라워지고
고개 숙이는 것
부끄럽지 않게 되었다

불가의 승려들이 하는 식사를 발우공양이라고 합니다. 그 핵심은, 음식을 담는 그릇인 발우에 담긴 것을 남김없이 먹은 다음 물을 부어 음식 찌꺼기가 섞인 물을 마신 뒤 그릇을 깨끗이 포개어 담는 것입니다.

나이를 먹어가며 점점 더 청정清淨한 생활에 끌립니다. 제일 손대기 쉬운 것이 식사입니다. 저는 점심을 먹지 않습니다. 아침은 간단히 차린 것을 발우공양하듯 먹습니다. 저녁은 집 근처에서 사 먹는 것을 원칙으로 합니다. 아내에게 가급적 번거로운 일을 시키고 싶지 않아서입니다.

오늘 아침은 배추전과 호박죽 한 그릇을 먹었습니다. 지난가을 밭에 심은 배추들이 다 토실토실 잘 되었으나 김장으로는 몇 포기만을 썼을 뿐입니다. 밭에 그대로 두었습니다. 상당수가 겨울을 이겨냅니다. 추위에 겉 부분은 말라 갈색이 되나 속은 파랗게 살아있습니다. 이제 이를 하나씩 해체하여 전으로 부쳐 먹을 작정입니다.

경주
어반스케치
페스타
2023

노년의 빛

흘러가는 인연의 강물
푸르고도 깊어라
안타까움과 아득한 슬픔 실은 채
아스라이 멀어져가는 모습
살면 살수록
강물은 더 빨라지고
나는 더 무덤덤해지고
세상은 더욱 고요하다
사라지는 모든 것을 향해
마음 모아 축원해 줄 뿐
강물에 낙조가 내려앉으면
노년의 붉은 빛
저어새 부리 환하다

시골에는 아직 설날이 다가오면 '뻥튀기' 기계가 등장합니다. 어릴 적 "우리 집에서 올해 꼭 '오꼬시(일본어로 '오까시お菓子'가 변형된 발음으로 보임)'를 해야 할 텐데!" 하며 마음 졸이던 기억이 납니다. 어떤 해 집안 사정으로 하지 못하고, '오꼬시' 만드는 점포를 하염없이 쳐다보던 아이가 바로 저였습니다. 그 서운함이 눈물겹게 살아납니다. 세월의 강물은 그런 갖가지 사연을 안고 조용히 흐릅니다.

눈 내리던 날

이 산, 저 산, 온 산에
펑펑 눈이 내리네
하늘이 땅 덮으며
눈이 내리네
골짜기 쌓이고 더 쌓여
나뭇가지 뚝뚝 부러지는 소리
고적한 산방 창문을 두드리네
눈은 내리고 또 내리는데
푸르스름한 달빛 받으며
산토끼 한 마리
쫑긋 귀 기울이네
밤새 내린 눈 그쳐
오직 광막한 설원이 된 산
금빛 해 홀로 떠오르면
산방에 잠 못 이룬 나그네
지팡이로 적막 헤치며
멀리 길 떠나네

입춘날입니다. 동양철학에서는 예로부터 오늘을 기점으로 한 해의 운세가 바뀐다고 하였습니다. 올해도 지역 서예가 김영춘 선생의 '입춘대길立春大吉', '건양다경建陽多慶' 글씨를 얻어와 아내와 함께 대문에 붙였습니다. 한옥 나무 대문 전체가 듬직하게 보입니다. 입춘날 입춘방을 대문에 붙이는 것은 우리나라의 오래된 전통풍습이지요.

입춘 절기를 전후로 비가 계속 내립니다. 산간에는 눈이 펑펑 내리겠지요. 그 모습을 상상합니다.

노처老妻

나 때문에 늙은 여자
내 팔 한쪽
아득히 베고 누워있다
세월의 비 흠뻑 맞고
쪼그라든 몸
이 세상 기댈 곳
달리 없다는 듯
새록새록 숨소리 고르며
누워있다
까탈스러운 변덕쟁이
늘 네 탓이야 하고 핀잔주는
허깨비 남편에게 안겨
새벽잠 곤하게 자고 있다

부부의 인연을 맺고 살면 별의별 일을 다 겪습니다. 둘 사이가 좋은 적도 있으나 많은 시간 다투고 성내고 미워하기도 하지요. 어떤 부부라도 이는 어쩔 수 없다고 봅니다. 수십 년간 완전히 다른 성장환경에서 자라 갑자기 한 이불을 덮고 사니 어찌 마찰이 없겠습니까? 그리고 우리가 살아가며 얼마나 많은 곤란한 문제들이 수시로 닥쳐옵니까? 그중에는 우리 존재 자체를 위협하는 것existential threats도 다수 일어납니다.

부부는 처음에 남녀로 만납니다. 사랑이라는 이름으로 매듭을 짓고 같이 살게 됩니다. 그러나 이 매듭이 얼마나 어설프고 위태한 매듭인지를 전혀 인식하지 못한 채입니다. 차츰 닥쳐오는 숱한 어려움을 겪으며 그리고 함께 힘을 모아 이를 극복해 가며 사는 중에 부부는 이 세상 누구보다 가까운 친구로 됩니다. 둘 사이에는 진한 우정이 서서히 자리 잡는다고 하겠습니다. 그리고 서로 상대의 인간적 결함에 대해 애틋한 연민이 자라납니다. 이 우정과 연민으로 엮인 매듭은 처음 맺은 사랑의 매듭과는 비교할 수도 없이 훨씬 더 튼튼한 것입니다. 두 존재를 묶는 '위대한 결합'이라고도 할 수 있습니다.

너의 모습

가만히
가만히 보아야
비로소 보인다
새싹이 나고, 꽃이 피고, 씨가 맺고,
바람에 쓸린 자리 생채기 나고,
홀연 갈색으로 삭아 떨어지고,
흘려보면
보아도
보이지 않는 모습
내 가슴 한구석
네 모습 그대로 새기려고
가만히
가만히
들여다본다

차가운 겨울일수록 우리는 사랑하는 사람을 떠올립니다. 사방이 얼어붙지만 우리는 그를 추억하며 따스한 기분에 젖곤 합니다. 그런데 우리는 가장 사랑하는 사람들의 모습을 얼마나 잘 기억할까요? 기도를 할 때 눈을 감고 그 모습을 떠올리려 하면 의외로 쉽지 않음을 느낍니다. 가슴에 새겨 언제나 선명하게 모습을 기억하려면 어떻게 해야 할까요?

연정

내가 이 자리에서 목 잘려 죽는다 해도
너에 대한 한마디 말 꺼낼 수 없음은
너를 사랑하기 때문도 아님이요
너와의 사랑이 아쉽기 때문도 아님이요
오직 지나간 내 청춘이 취한 하늘의 별 되어
흐릿하게 빛나기 때문이다

어느 쓸쓸한 겨울밤 서울 인사동에서 아주 오래간만에 대취하였습니다. 몸은 비틀거리고 말은 꼬이는데 문득 이 생각이 떠오르더군요.

진창 같은 젊은 날에 연꽃처럼 피어오른 첫사랑이 너무 힘겨웠습니다. 거기에다 암울한 시대적 상황이 둘을 짓눌렀지요. 그가 수감되었을 때 어린 마음에 어쩔 줄 몰라 안기부의 서울대 책임자를 찾아가 눈물로 사정을 호소하던 그 우스꽝스러움이 어쩐 일인지 아직 제 가슴 안에 돌이 되어있습니다.

겨울 남산

경주 남산에 눈 내리면
나는 너무 좋아라
눈을 이기지 못해 부러지는 솔가지 소리
가지에서 뚝뚝 떨어지는 눈뭉치 소리 모여
속세와의 벽을 세운다
새는 남은 소리를 부리에 물고
저만치 먼 봉우리 향해 날아간다
이제 천지간 너와 나 둘밖에 없으니
가슴에 꽁꽁 저며둔 네 소리 꺼내 들으며
문득 아득한 선경仙境에 발을 넣는다

경주에 여행 온다면 무엇을 가장 먼저 봐야 경주를 마음으로 받아들일 수 있을까요? 제 생각에는 경주 남산입니다. 나지막한 산이나 이곳은 노천박물관이라고도 할 만큼 신라시대의 문화재가 많습니다. 또 화강암 암괴 하나로 이루어진 탓인지 정갈합니다. 고운 마사토가 깔린 곳에서는 맨발걷기를 해도 좋습니다. 경주에서는 수십 년 전부터 맨발걷기를 하는 이가 있었지요. 사시사철 좋은 곳이나 특히 겨울에 눈 온 뒤의 모습은 너무나 절경입니다.

늙음

어느 외진 언덕배기 나무 한 그루
찡그린 얼굴로 겨울 찬 바람 맞으니
나뭇잎 하나, 둘 떨어질 때
기억도 하나, 둘 소멸한다
자꾸만 없어져 애가 타고
다 없어지면 무엇으로 남을까

드디어 완전히 벗어버린 나무
하늘과 땅에 외로이 떤다
저항은 차라리 사치스럽고
숙명으로 다가서는 순명
무릎을 고요히 꿇고
지나간 날의 소리를 듣는다

청춘의 애상哀傷이 사라지고 차가운 날씨처럼 식어버린 늙은 몸을 그나마 부드럽게 해주는 것은 순명의 마음이 아닐까 합니다. 시간의 운명에 당당히 맞설 수 있는 비결도 바로 이것이 아닐까 합니다. 깨끗이 자신의 자리를 정리하고 아름다운 끝을 맺을 수 있어야 잘 살았다고 할 수 있을 텐데요.

눈 내리는 밤

함박눈 펑펑 내리는 밤
하늘은 점점 내려오고
땅은 올라가니
순백의 진공으로 합치는구려

분분히 날리는 비루한 얼룩들
거대한 정적이 빨아들이고
슬픔과 분노는 깊숙이 가라앉아
거룩한 진공이 되는구려

이따금 들리는
나뭇가지 툭툭 부러지는 소리
방안에서 가만히 끌어안는 나그네
긴긴 시름 입김 불어 조금씩 녹이는구려

옛날 미국의 동부지역에 살 때 그곳은 겨우내 눈 안 오는 날이 거의 없었습니다. 여유가 있는 사람들은 겨울에 갇혀 살다 우울증에라도 걸릴까 싶어 플로리다 같은 곳에 마련해둔 별장에서 겨울을 난다고 하더군요. 그리고 눈이란 게 어찌나 혹독하게 오는지 불과 1미터 앞이 보이지 않을 정도로 강한 바람을 타고 작은 입자의 눈이 온몸을 강타합니다. 이를 '블리자드blizzard'라고 합니다.

이에 비해 한국의 눈은 얼마나 점잖은지요. 또 포근한 느낌마저 줍니다. 거의 함박눈으로 소복소복 내리지요. 태곳적 전설이 새록새록 쌓인 눈 밑에서 잠자고 있는 듯도 하지요. 미국의 블리자드에 겨우내 시달리며 우울하게 지낼 때 한국의 산천과 함박눈이 마치 동화의 세계처럼 많이 그리웠습니다.

눈

밖에서 왁자지껄 소리 들려
웬일인가 싶어 방문 활짝 여니
하늘에서 수많은 아이들
한 놈이 다른 한 놈 업고
살포시 살포시 땅에 내리는데
하, 이놈들 차곡차곡 쌓여
곳곳에 눈꽃 만드누나
오직 순백의 동화로 덮인 세상
오늘만큼은 나도 부끄럼 없어라

남녀노소를 막론하고 눈이 오면 좋아합니다. 우리 눈은 사람을 못살게 하는 눈이 아니라 기쁜 마음을 안겨주는 축제의 눈이지요. 눈이 내리면 동화의 세상이 전개됨을 누구나 압니다. 개들도 얼마나 좋아하는지 마당을 뛰어다니며 멍멍 짖습니다. 눈에 덮여 잠든 시골 마을을 눈앞에 아득히 그려봅니다. 그곳은 우리 모두에게 마음의 고향입니다.

시와 산문을 합하여 사계절의 변화에 맞춰 시골살이를 엮어낸 조금은 유별난 형식의 책입니다.

이 책에서 가장 두드러지는 내용으로 걸고 싶은 몇 가지가 있습니다. 제 고유한 체험에 의해 얻은 신앙심은 별도로 하고 말입니다. 저는 남들에게 이를 조금이라도 억지로 밀어 넣고 싶은 마음이 없습니다. 누구에게나 신神은 나름의 계획을 갖고 계신다고 믿기 때문입니다.

무엇보다 제가 삶의 미니멀리즘minimalism이라고 부르고 싶은 살이生의 자세입니다. 삶에 필수적인 것들로 삶을 채우는, 단순함을 지향하는 태도입니다. 저는 어렸을 때 가난한 가정의 어느 누구도 돌보지 않는 막내로서 궁핍하게 살 수밖에 없었습니다. 그런데 이 나이가 되어서 살아온 날들을 돌이켜보면, 행복의 제1조건은 더 많은 것을 가짐에 의해서가 아니라 자신에게 주어진 작고 소박한 것들에 만족하며 너그럽게 사는 것에 있다는 사실을 뼈저리게 느끼고 있습니다. 끝없는 가짐의 추구는 허무와 낙망의 심연으로 추락할 수밖에 없습니다.

그리고 시골에서 매일 육체적인 노동으로 농사를 지으며 산다고 하더라도 저는 이 땅에 두 발을 딛고 선, 누구도 뭐랄 수 없는 하나의 독립된 존엄한 개체입니다. 그런 만큼 세상을 향해 열린 호흡을 하며 기꺼이 광대무변한 세계의 한 구성원으로서 자기완성의 길을 끝까지 걸어가고 싶습니다. 우리는 누구나 그렇게 살아가도록 태어났다고 봅니다. 그래서 언제나 새로운 지식과 사상, 남의 귀한 경험을 내 속으로 흡입하기 위해서 애쓰는 것이 우리에게 주어진 의무가 아닐까 합니다.

다시 돌아올 수 없는 경계선이 점점 가까워지고 있는 저는 이런 내용을 담은 글을 통해 아직 창창한 날들을 가진 이들에게 조그마한 위안을 주고 싶습니다. 그래서 자신에게 남겨진, 훌륭한 삶을 향한 가능성을 과소평가하지 않게 되었으면 하는 마음을 가집니다. 우리 자신들의 참된 행복을 위한 공감이 이루어지고 그 동심원이 점점 더 널리 퍼져나갔으면 합니다.

이 책이 과연 그런 의도에 맞게 되었을까요? 별 자신은 없지만 그렇게 하려고 애썼다는 점만은 이해받고 싶습니다.

읽어주셔서 감사합니다!

여린 몸임에도 긴긴 세월 묵묵히 농사를 같이 지으며 별난 남편 챙기느라 고생해 온 아내를 생각하며 눈물짓습니다. 이 책을 아름다운 풍경들로 만들기 위해 배려를 아끼지 않으신 새빛 출판사의 전익균 대표님께 깊은 감사를 드립니다.

2024년 8월

신평 드림

시골살이 두런두런

초판 1쇄 인쇄 2024년 9월 2일
초판 1쇄 발행 2024년 9월 5일

지은이 신평
발행인 전익균

이사 정정오, 윤종옥, 김기충
기획 조양제
편집 전민서, 김혜선, 백연서
디자인 페이지제로
관리 이지현, 김영진
마케팅 (주)새빛컴즈
유통 새빛북스

펴낸곳 도서출판 새빛
전화 (02) 2203-1996, (031) 427-4399 **팩스** (050) 4328-4393
출판문의 및 원고투고 이메일 svcoms@naver.com
등록번호 제215-92-61832호 **등록일자** 2010. 7. 12

가격 18,000원
ISBN 979-11-91517-80-4 03810

* 도서출판 새빛은 (주)새빛컴즈, 새빛에듀넷, 새빛북스, 에이원북스, 북클래스 브랜드를 운영하고 있습니다.
* 파본은 구입처에서 교환해 드리며, 관련 법령에 따라 환불해 드립니다.
  다만, 제품 훼손 시에는 환불이 불가능합니다.